全《ぜん》盲《もう》先《せん》生《せい》、泣いて笑っていっぱい生きる

埼玉県《さいたまけん》秩父《ちちぶ》郡《ぐん》長瀞町立《ながとろちょうりつ》
長瀞中学校教諭《ながとろちゅうがっこうきょうゆ》
新《あら》井《い》淑《よし》則《のり》

マガジンハウス

失意の失明から約15年…
日本初・盲導犬を連れて、
普通中学で教《きょう》鞭《べん》をとる全《ぜん》盲《もう》先生。

授業のたびに教材を運んでくれる国語係の生徒と。この笑顔を取り戻すまでたくさんの涙を流した。

1

見えないからこそ
教えられることがある、
と信じ、生徒たちとともに歩む。

3

4

2

1. 通勤の朝、午前7時半、自宅のある駅のホームで電車を待つ新井先生と盲導犬・マーリン。さあ、一日の始まりだ。2. 物を落とした時は素早く拾って渡すよう訓練されている。3. 通勤の行き帰り、生徒が声をかけてきて新井先生を自然にサポートする。4. 空いている座席はマーリンが見つけて新井先生に知らせる。乗客にもおなじみだ。

5

5. 新井先生を学校に迎え入れるにあたって、埼玉県と長瀞町は駅から学校まで点字ブロックを設置。交通量の多い横断歩道では自然と子どもたちも先生に気を配る。6. ハーネス（胴輪）をつけている時は盲導犬が「仕事中」の合図。7. 登校は、いつも生徒たちと一緒。何気ない会話から子どもたちの成長を感じ取る。

6

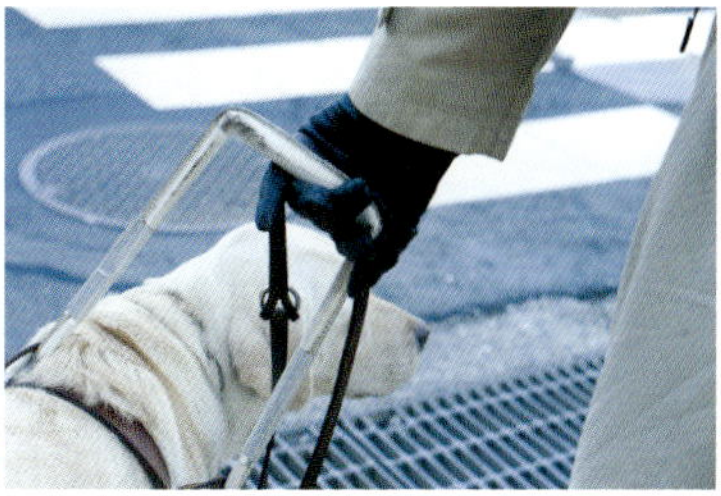

7

1

失ってみて気づいたこと。
ひとりの人間が生きていくには、
多くの人に支えられている、ということ。

2

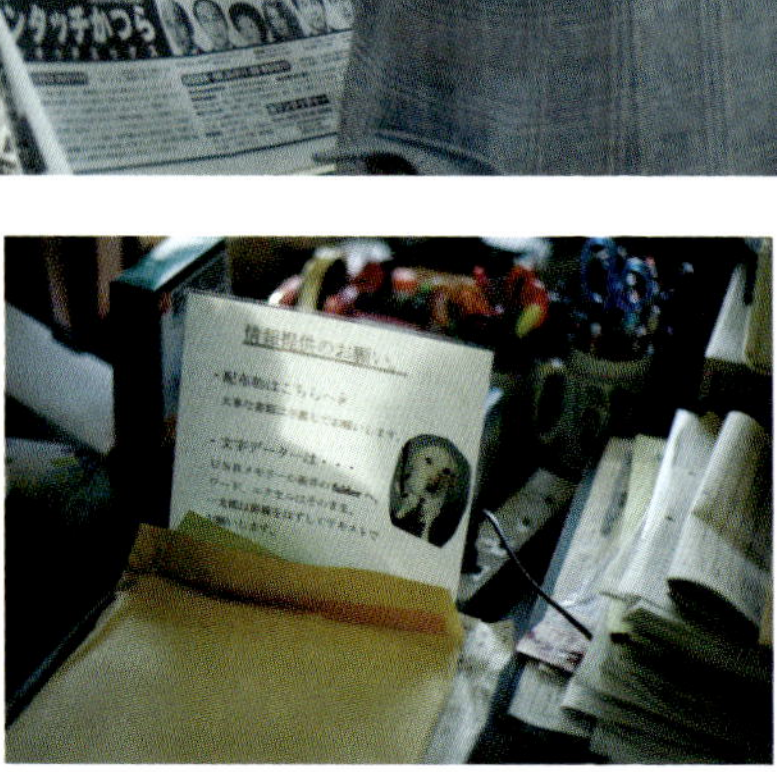

3

1. 授業を前に職員室のストーブの前の指定席でしばし休息（?）をとるマーリン。2. 同僚の先生が読んでくれる新聞記事に耳を傾ける新井先生。3. 学校では配布資料や保護者への手紙など紙資料が多い。それらは決められた箱に入れられ、朗読ボランティアの人に読んでいただく。

4. 34歳で全盲になった新井先生。担当は国語。ほんのひと工夫で、黒板に文字も書くことができる。授業はチーム・ティーチング方式で、パートナーの先生がサポートする。5. 授業中、マーリンの定位置は、教卓の下、冬はストーブの前。6.、7. 点訳された教科書。1冊の教科書がこれだけの分量に！

4

5

7

6

盲導犬の食事・排泄・ブラッシングなど身の回りの世話は全て使用者が行う。4歳のマーリンは新井先生にとって二代目の盲導犬。

盲導犬・マーリンは、
大切なパートナー。
ぼくの目となり、
人生に光が差した。

1

2

1. 冬、新井先生が仕事中は、暖かい日だまりでひと休み。が、ハーネス（胴輪）をつけている間は気配や声ですぐ起き上がるよう訓練されている。2. 週に一度、生徒の作文や授業の資料、配布資料などを、朗読ボランティアの人に朗読していただく。3. ICレコーダーは、朗読を録音したり、メモ代わりに録音したりする必需品。4. 職員室の一角で、音声ソフトの入ったパソコンを駆使して次の授業の準備をする。

4

3

1. 東京の大学を卒業後、実家に戻り、念願の中学教師として第一歩を踏み出した頃。2. 26歳の時、同じく中学教師の真弓さんと結婚。翌年、右目に網膜剥離を発症した。3. 2008年、南仏に旅行。ゴッホの「夜のカフェテラス」に描かれたカフェで。夫婦で苦難を乗り越えてきた…。

1

妻や子どもたち…
家族が居《い》てこそ、
今のぼくがある。

4. 失明して絶望していた頃、家族にさえ心を閉ざしていた時期も…。失われた家族の時間と思い出を取り戻すために、'99年から毎年、家族で海外旅行に。5. 長男の七五三。初代の盲導犬クロードも一緒に撮影。

5

4

全盲《ぜんもう》先生《せんせい》、
泣いて笑っていっぱい生きる

プロローグ

朝七時五十分、ぼくは三両編成《へんせい》の列車を降り、小さな駅の改札口を抜けて、いつもの道を歩いていきます。

やわらかな日差しと頬《ほお》をなでる風…ああ、もう春なんだな。

遠くから鶯《うぐいす》の〝里鳴き〟と呼ばれる鳴き声が聞こえてきます。

鶯《うぐいす》は里で練習して山に帰るから里鳴きと言うそうですが、まだこの季節には鳴き方はへたくそ。でも、ひたすらに鳴く様子は、まるで真新しい制服に身を包んだ新入生のように初々《ういうい》しい。

そんなことを考えながら歩いていると、後ろから元気な足音と快活《かいかつ》な声が響いてきます。

「淑則《よしのり》先生、おはようございます！」

ぼくの学校の生徒たちです。

「おはよう、今日はいい天気だね」

「先生、桜がいっぱい咲いてます。うすピンク色できれいですよ」

その瞬間、ぼくの記憶の中の桜並木が、一斉に花開きます。

ぼくの勤務する、ここ、埼玉県長瀞町《さいたまけんながとろまち》は荒川《あら》のライン下りで有名な風光明媚《ふうこうめいび》な土地。昔から、桜並木でも有名です。

幼い頃、真新しいランドセルを背負い、母に手を引かれて歩いた道。

少年時代、桜吹雪《さくらふぶき》の中を友達と自転車で駆け抜けた道。

結婚する前、妻となる女性と二人で手をつなぎ歩いた道。

やがて季節が巡り、二人は三人になり、幼い娘を真ん中に三人で手をつないで歩いた道。

果てしなく続く桜並木の淡いピンク色と妻の笑顔が胸に焼き付いています。


そして、どうしても忘れられないのは、三十三歳の春の夕暮れ、ひとりで見上げた桜並木です。

「来年の今頃、もうぼくはこの目で桜を見ることはできないのだろうか…」

すでに、ぼくの右目の視力は失われていました。

やがて左目の視力も失われる、という恐怖心を抱えながら過ごす日々。

涙でにじんだ桜は、まぶしく、息をのむほど美しく輝いていました。


子どもが好きだったぼくは念願《ねんがん》の中学教師になり、充実した教師生活を送っていました。異変が起こったのは、中学の音楽教師をしている妻との間に長女が生まれ、半年足らずのこと。

二十八歳の秋、網膜剥離《もうまくはくり》により右目を失明。

永遠に続くと思っていた、充実した仕事と穏《おだ》やかで温かい家庭生活。しかし、

どこにでもあるような「普通の幸せ」は、突然、音を立てて崩れていきました。


三十四歳でとうとう左目の視力も失い、全盲《ぜんもう》に。

ぼくの傍らには、幼い三人の子どもと妻がいてくれました。

仕事ができないぼくの代わりに、一家の生活を支えるために、仕事と子育てに奔走《ほんそう》する妻。その妻にさえ、ぼくは当たりちらし、暴言《ぼうげん》を浴びせたのです。

「おまえはいいよな。見えるから、働けていいよな」

「見えないおれの気持ちなんてわからないだろ？」

その頃のぼくは奈落《ならく》の底《そこ》へ突き落とされたような失意と絶望の中にいました。

天職と思えるほど愛していた職を追われ、生きる意味さえ見失っていました。

自室に引きこもり、泣いて泣いて、また泣いて、泣き続けた日々。

妻にも、子どもにも、両親にも、全てに心を閉ざし、見えないままで生きていくなら、と自殺さえ考えました。自分の弱さを受け入れることができずにもがき苦しんでいたあの日から、気づけば十三年の歳月《さいげつ》が過ぎていました…。


ぼくは今、この目で桜の花を見ることはできません。

歩いている道の風景も、朝の挨拶《あいさつ》をし、話をしている生徒の顔も表情も、季節の移り変わる風景も、愛する妻やわが子の顔や姿も…。

ただ、ぼくは風の中を歩いています。

暖かな春の日差しを受けながら、盲導犬のマーリンと歩いています。かすかに花の香りのする小道を、ぼくの足で五分ほど歩くと、横断歩道に差しかかります。

すぐ目の前にぼくの勤める長瀞《ながとろ》中学校があります。

「先生、マーリンも横断歩道がちゃんとわかるんですね」

「先生、信号が青になりましたよ」

「ありがとう。マーリン、ゴー（進め）」

「すごいなあ。人間の言葉がわかるなんて」

ぼくの相棒《あいぼう》は落ち着いた足取りで歩き出します。

きっと、ちょっと得意そうな顔をしていることだろうな。

校庭から打球音《だきゅうおん》とともに元気なかけ声が響いてきます。校舎のほうから、ピアノの伴奏に合わせ、早朝練習の生徒たちの合唱の歌声が流れてきます。

そんな時、ぼくは体中に震えるような喜びが湧《わ》き起こります。

ぼくはようやく、この場所にたどり着いたんだ…さあ、行こう！　マーリン。

全盲先生、泣いて笑っていっぱい生きる　目次

プロローグ　2

第1章　全盲《ぜんもう》先生とマーリンの二十四時間　8

第2章　悪夢　34

第3章　暗闇《くらやみ》からの第一歩　64

第4章 光抱く子らとともに 100

第5章 家族と白杖《はくじょう》ついて世界十五ヵ国の旅 132

第6章 希望の扉 166

あとがき 212

第1章

全盲《ぜんもう》先生とマーリンの二十四時間

―「オブラディ・オブラダ」―

想像してください。もしあなたが公立の普通中学校の国語の教師で、目が全く見えないとしたら…。

「えっ。見えないのに、一体どうやって教えるの？」

そんな声が聞こえてきそうです。ぼくだって、かつてそう思っていましたから。

ぼくは三十四歳の時に、両方の目を失明し、中学教師の職を去りました。その時は、もう一度自分が教職に戻れるとは、まして、再び念願《ねんがん》の普通中学校の教壇《きょうだん》に立てるとは夢にも思いませんでした。

しかし四十七歳のぼくは今、その夢を叶え、子どもたちとともに充実した毎日を送っています。では、全盲《ぜんもう》の教師の一日とはどういうものなのか、ちょっとお話ししましょう。

朝六時。ぼくの携帯電話のアラームが「オブラディ・オブラダ」を奏《かな》でると、隣のソファに寝ていたマーリンが飛び起きて、メロディに合わせて遠吠《とおぼ》えします。本人は歌っているつもりでしょう。マーリンはぼくの相棒《あいぼう》であり盲導犬、ラブラドール・レトリーバーのオスで四歳。人間で言えば三十歳くらいです。マーリンは訓練を受けており、普段は一切吠《ほ》えませんが、一日一回、夜明けとともに大きな声で「ウォンウォン」と歌い始めます。

彼は「朝の儀式《ぎしき》」を終えると、再び眠りにつき、主人から声がかかるのを待ちます。ぼくはコーヒーを淹《い》れ、タバコを一服。家族も起きていない静かな朝、このひとりの時間がぼくにとって至福《しふく》のひと時なのです。

「さあ、マーリン行くよ！」

コーヒーを飲み終えると、目を覚ましたマーリンと一緒に階段を下ります。

家の外に出て、コンクリート打ちっぱなしで排水《はいすい》も可能な、マーリン専用スペースに行きます。ここが、マーリンのトイレです。

犬の健康を知るうえで、とても大切なものが排泄《はいせつ》です。

マーリンに「ワン、ツー（ここで排泄《はいせつ》をしていいよ）」と声をかけてやると、おしっこ（ワン）とウンチ（ツー）をします。マーリンは指示がないかぎり排泄《はいせつ》をしませんし、決められた時間、朝晩の一日二回しかツーをしないよう、時間排泄《はいせつ》がきちんと定着《ていちゃく》しています。マーリンが用を足し終わると、ぼくは「ツー」を、ビニールを手にはめて取り、その感触《かんしょく》から健康状態を確認します。

マーリンのブラッシングも毎朝の日課です。

「マーリン、台に乗って」と言うと、ブラッシング台に前足を乗せます。まず、お湯でタオルを濡《ぬ》らして全身を拭《ふ》いてやってから、歯磨き、それから十分くらいかけてゆっくりとブラッシングをします。毛が抜ける時期は一回につき野球ボール一個分くらい抜けます。

人間がお風呂に入るようなものなのでしょう、マーリンは気持ち良さそうに、おとなしく、じっとしています。

「今日は寒いね」とか話しかけながら、どこかケガをしていないか、痛がるところはないかなど指先の感触《かんしょく》を意識して、全身に触れます。

幸《さいわ》い、マーリンはこれまでケガや病気を一度もしたことがありません。ブラッシングが終わると、居間に連れて行き、水を飲ませます。

一歳を過ぎると、餌《えさ》は一日一回、夜だけなので、朝は水を飲むだけです。ラブラドール・レトリーバーは太りやすいそうですが、マーリンは引き締まった体で、健康そのもの。

その後、眠っている妻と子どもたちを起こします。妻の真弓《まゆみ》も中学の音楽教師ですが、担任も持っていますので、いつも遅くまで学校で仕事をしています。そのうえ、子どもの塾の送り迎えなどもあり、毎日寝るのが遅いため、ぼくが起こすまでぐっすりと眠っています。

妻の毎朝の日課は、ぼくのスーツに合うワイシャツとネクタイを選ぶこと。シャツとネクタイの組み合わせは、ぼくには見えないのでバランスがわかりません。以前、盲《もう》学校に勤めていたころはノーネクタイでしたが、今の中学校では、男子生徒の制服はブレザーにネクタイ。ならば、先生であるぼくもきちんとスーツにネクタイをしなくては、というわけです。「今日はこんな色でこんな柄よ」という妻の言葉で、自分の姿を想像します。

妻は、普段はぼくが目が見えないことを意識していないようですが、毎朝「今日のシャツは何色？」とぼくが尋ねる時だけ「ああやっぱり目が見えないんだな」と思うのだと、話していたことがあります。

新井家は三世代同居をしています。食事を作るのは、同居しているぼくの母親と妻の真弓の担当です。父親は買い出しを担当し、両親ともにまめに動くためか、八十歳を過ぎた今も元気です。両親は昔から農業をしていましたので、肉体労働をこなすために、朝はご飯に味噌汁《みそしる》というのが我が家の習慣です。

「お父さん、九時のところにごはん、三時にワカメのお味噌汁《みそしる》、十一時に焼いたシャケ、一時に卵焼きを置いたよ」

妻の言葉です。何のことかわかりますか？

これは、「クロックポジション」と言います。視覚障がい者に物の位置を知らせるための説明の仕方です。時計の針の位置で示すと、右とか左上、とか言うよりも、ずっとわかりやすいのです。以前、視覚障がい者の人が使っていたのを聞いて使うようになりました。

料理に関しては、目で楽しむ部分が大きいなあといつも思います。たとえば、料理の内容については「煮物に、こんにゃくとしいたけとにんじんと大根が入っているよ」と家族が説明してくれます。とはいえ、煮物を口に入れるまでは箸《はし》で何が取れているかわからないのです。「今しいたけを取ったね」とまでは言ってくれませんからね。

だいたいどんなものかはわかっていても口に入れてみないと何だかわからない。料理はやはり視覚と嗅覚《きゅうかく》、味覚が伴《ともな》ってこそと、目が見えないということが寂しく感じるのはそんな時です。

家族みんなで食事をしながら、今日の予定を確認し合います。それも束《つか》の間《ま》、台所が空《あ》くと入れ替わりに妻が次女のお弁当を作り、次女は髪の毛のブローに忙しく、長男もぼくも歯を磨いてブラシで髪の毛を整えて、と慌《あわ》ただしいのが我が家の朝です。
「人間は三回もごはんを食べたり、着替えをしたり、ケンカしたり忙しそうだなあ」なんて思っているのか、マーリンは居間の定位置にゆったりと座って、人間たちが動き回るのを眺《なが》めているようです。

七時を回ると子どもたちが学校に行き、続いて妻が出勤、私も七時半に出ます。出かける前には、仏壇《ぶつだん》に線香をあげてご先祖《せんぞ》さまに手を合わせてから、通勤用のリュックを背負います。リュックの中に必ず入っているのは、点字の教科書、教材データの入ったメモリースティック、携帯電話、メモ代わりになんでも録音するためのＩＣレコーダー、コーヒーの入った水筒《すいとう》、マーリンの雨ガッパと体を拭《ふ》くタオル、水を飲ませるためのビニール袋、折《お》り畳《たた》み傘《かさ》、帰りが遅くなる時はマーリンの餌《えさ》も持ちます。だいたい荷物の三分の一はマーリンのものです。

「さあ、マーリン行くよ」

玄関に置いてあるハーネス（胴輪《どうわ》）をマーリンにつけます。ハーネスをつけている時は、盲導犬が仕事中という合図。目の見えない人間と盲導犬が心を通わせる、大切な連絡ツールです。盲導犬の動きを目の見えない人に伝え、安全に歩行する、いわば命綱《いのちづな》です。このハーネスを握っていれば、マーリンの姿勢や、頭がどちらを向いているか、尻尾《しっぽ》を振っているのかもわかります。

「さあ、仕事だ、出かけるぞ」

ハーネスをつけて、ぼくとマーリンの一日が始まります。

―盲導犬のいる教室―

自宅から歩いて三分で、秩父《ちちぶ》鉄道の皆野《みなの》駅に着きます。決まって駅員さんや近所の人が「おはようございます」と声をかけてくれます。

車内はそんなに混んでいませんので、だいたい座ることができます。空《あ》いている席を案内してくれる人がいないときは、マーリンが空《あ》いている座席にあごを乗せてぼくに知らせます。

秩父《ちちぶ》の自然の中をのんびりと走る電車。通学の高校生たちの楽しそうなおしゃべりが聞こえます。「盲導犬、おりこうですね」と話しかけてくる人もいます。見知らぬ人が、マーリンを見て温かく声をかけてくれるのはうれしいものです。

十分ちょっとで、ぼくの勤める長瀞《ながとろ》中学校のある野上《のがみ》駅に着きます。

ここ長瀞《ながとろ》は荒川の上流に位置し、渓谷《けいこく》、岩畳《いわだたみ》、ライン下り、寶登山《ほどさん》神社のロープウェイ、桜の名所としても知られ、年間二百万人くらいが訪れる、昔からの観光地です。長瀞《ながとろ》町は人口約八千人の小さい町ですので、中学校は一校。長瀞《ながとろ》中学校は全校生徒二百三十四名の小規模校です（二〇〇九年二月現在）。

駅から五分ほどの道のりを、季節の移り変わりを感じながら、マーリンと歩きます。ぼくは失明する前よりも、四季の変化を敏感《びんかん》に感じ取るようになったような気がします。

駅からの道すがら、生徒たちから朝の

挨拶《あいさつ》が飛び交います。

一緒に歩きながら、話をするのは一年生の男の子たちが多いです。昨日《きのう》の授業でこうだったとか、こんなことをして怒られたとか日常のことや部活での話などです。

ぼくが荷物をたくさん持っていると、生徒たちは「何が入っているんですか、持ちましょうか？」と言ってくれます。「いいよ、そんなに重くないから」と答えながら、心が温かくなるのを感じます。

子どもは何も教えなくても、自然と相手を気遣《きづか》う優しさを本来持っているのだな。それに気がついたのも、目が見えなくなってからかもしれません。

「先生、車です」「先生、信号が青になりました」「先生、信号の手押しボタンを押してありますから」といった言葉を、生徒たちは必ずかけてくれるのです。

入学したての頃は、恥ずかしいのか、生徒たちはそんなことは言いませんが、一ヵ月くらいが過ぎた頃には、自然にそんな言葉が出てくるようになります。その変化や成長を感じることはとても楽しみです。

毎日、一時間目には国語の授業の打ち合わせをします。ぼくが国語の授業を担当するのは、中学一年生の全三クラス。その全てを、ぼくとパートナーの教員の二名で授業を進めるチーム・ティーチング方式で行っています。長瀞《ながとろ》中学校は通常二名である国語教員が、ぼくも含めて四人に増えました。皆、教員歴十五年から二十七年のベテランばかり。一年生の国語の授業については、ぼくが授業指導案を立て、三名の先生たちとともに、三クラスそれぞれ一緒に授業を行っています。

二時間目以降、国語の授業を行い、空《あ》き時間には次の授業の準備をします。授業が始まる前に教室へ行くと、子どもたちの視線が集まるのを感じます。ぼくじゃなくて、マーリンを見ているのです。

教卓《きょうたく》の前でマーリンに「ダウン」と言って伏《ふ》せをさせます。盲導犬への命令はすべて英語です。マーリンはさっと机の下に寝そべります。ここが授業中のマーリンの「ハウス（定位置）」です（冬はストーブの側に替わります）。授業が終わり、ぼくが「ゴー」と声をかけるまではじっと動きません。

ある日のこと、いつものようにダウンをさせたところ、どうも様子がおかしい。「あれ、マーリンが動いた？」と、手で触って確認すると、動いたのはマーリンではありませんでした。隣でマーリンと同じ格好で男子生徒が寝そべっていたのです。まるで仲良し兄弟《きょうだい》のようにぴったりと並んでくっついています。ぼくは思わず吹き出してしまいました。

「おいおい、授業が始まるよ。おまえ、マーリンと代わってくれるのかい。おまえが〝盲導人〟やって、マーリンが席について勉強しようか」

教室中が笑いに包まれます。

子どもたちは本当に好奇心の固まりです。

「盲導犬がハーネスをつけている時は仕事中。使用者以外の人が盲導犬に触ると集中して仕事ができなくなるので、触っちゃだめなんだよ」

ぼくがこの中学に赴任《ふにん》したとき、全校生徒に盲導犬について話をしました。生徒たちはしっかりと理解してくれました。だから絶対に彼らはマーリンに触りません。でも、マーリンが大好きで、触りたくて、一緒に遊びたくてたまらない。だからマーリンにぴったりくっついて同じ格好をして、鼻と鼻がくっつくぐらいにじいっと見ている子もいます。

ただ、犬の嫌いな子も中にはいます。でも、マーリンなら怖くないし大丈夫、マーリンなら好きという子もいますし、マーリンのほうも犬が苦手そうな人には控えめにふるまいます。

視覚障がいを持っている公立小中学校の教師は全国で十数人いますが、盲導犬を連れているのは、全国でぼくだけです（二〇〇九年三月現在）。ぼくが見る限り、教室に盲導犬がいることによって、自然と子どもたちの心も優しくなり、穏《おだ》やかな気持ちになっているように感じます。「マーリンに癒《いや》されるなあ」と言う生徒もいます。教室という教育の空間に人と動物が共存《きょうぞん》する。つくづく動物の存在感、癒《いや》しの力を実感します。

授業はぼくが進行させ、パートナーの先生が、手を挙げている生徒を指名したり、生徒のノートを見て理解度を確かめます。授業の進め方は連携《れんけい》プレー。ぼくが「これ、わかる人は手を挙げて」と言うと、パートナーの先生が「五人手が挙がってますね、じゃあAさん」というように、言葉をかけあいながら進めていきます。

生徒にとっても、答えをノートに書いたら、見えている先生には「ここです」と言って指でさせば済んでしまう。でもぼくには、それを読んでもらわないと、言葉で説明してもらわないとわからない。視覚からの情報を得ることのできない先生にとって、自分たちの言葉や反応がいかに大切な情報源で、授業を進める手がかりにしているか、ということを認識し、いつしか「先生に協力しよう」という気持ちが湧《わ》いてくる。しかも、そうやって普段の授業で使わない感性を磨《みが》くことが、子どもの理解力を高めるきっかけにもなります。言葉にして説明する力も育ちます。たとえば、指名されて答えがすぐに出ない時も、黙ったままではわかりません。「わかりません」「今考えています」「質問がわかりません」などと言葉に出すというルールを決めています。ぼくにわかるように伝えることが、結果、意思表示《いしひょうじ》の訓練にもなります。ぼくが視覚障がいを持つ教師だからこそ、子どもたちにそういう感性を身につけさせることがまたとないチャンスであるかもしれないと感じます。障がいのある者とそうでない者のギャップを埋める行動が生む副産物のようなものでしょうか。ノーマライゼーション（障がい者と健常者《けんじょうしゃ》がお互い特別に区分《くぶん》されることなく、社会生活をともにするのが正常であり、本来の望ましい姿であるとする考え方）の利点《りてん》はそこにもあります。また、ぼくの授業では「こそあど言葉（ここ、それ、あれ、どの、といった指示語）はなるべく使わない」、というルールもあります。食事の時のクロックポジションと同様、「黒板の三時の方向です」「教科書の二十七ページ六行目です」など、具体的に説明してほしいということです。

生徒たちは、みんなきちんとその約束を守ってくれ、最近ではそうすることが自然になっています。こうして授業をするようになり、子どもたちが大人が考える以上に賢明《けんめい》で聡《そう》明《めい》なのだと気づかされました。

―全盲《ぜんもう》先生―

「目の見えない先生がどうやって授業をするんだろう」

最初の頃は、生徒たちも戸惑《とまど》い、不安な気持ちを持っていたと思います。これまでの生活で、障がいを持つ人と接することは、ほとんどなかったはずです。

実際、授業を準備する時間は、視力を失う前よりも、三倍以上かかるようになりました。長瀞《ながとろ》中学校に赴任《ふにん》が決まってから、何年生の担当になるかわからなかったので、事前《じぜん》に三学年全ての教科書を川越《かわごえ》市立図書館のプライベートサービスの朗読《ろうどく》ボランティアの方に読んでいただき、CDに録音してもらいました。

教科書は何度も読み込みます。点字の教科書を読みますが、点字には漢字がないので、漢字とひらがなを区別しながら読み上げるコンピューターの音声読み上げソフトを使用し、教科書のCD－ROM版で、教科書に使われている漢字を確認します。ちなみに、教科書会社からも録音CDが出ていますが、これは作品のみの朗読《ろうどく》ですので、それ以外の注《ちゅう》釈《しゃく》や問題などが一切省かれています。そのために、朗読《ろうどく》ボランティアの方に全てを読んでいただいた朗読《ろうどく》CDは非常に重要で、何度も聞いて頭に入れます。そのうえで授業内容や進め方を考えます。

教科書の音読の練習は、ぼくが特に力を入れているもののひとつです。目が見えなくなってから、音から得る情報により敏感《びんかん》になり、そしてそれがとても豊かなものに感じられるようになったからでしょう。何度も練習し、テンポ良く、また生徒たちの心に届くような読み方になるように心がけています。宮沢賢治《みやざわけんじ》の『オツベルと象』などは、百回ほど朗《ろう》読《どく》の練習をしたので、すっかり暗記してしまいました。
ぼくの演技力たっぷり（？）の朗読《ろうどく》を聞くのが楽しかったようで、生徒たちも朗読《ろうどく》がどんどん上手《じょうず》になりました。はじめは恥ずかしがっていた子も、情感たっぷりに、大きな声で朗読《ろうどく》ができるようになりました。朗読《ろうどく》を通じて、文章を読むことが楽しいと感じてほしい。そこに込められた思いや感情を想像し、どのように朗読《ろうどく》するべきかを考え、声に出して読むことにおもしろみを感じて国語を好きになってもらえたらと思っています。

授業が終わり、休み時間になるとたんに教室はにぎやかで、騒がしくなります。ぼくはすぐに教室から出ないで、教壇《きょうだん》のところに集まってくる生徒たちとおしゃべりをします。これも教師の楽しみであり、生徒たちとの大切なコミュニケーションの時間です。次の時間も授業が入っている時には、ぼくは職員室には戻らずに、ずっと教室に残るようにしています。

集まってくるのはぼくが男であることもあって、男子生徒のほうが多いです。部活の話や、自分の家で飼っている犬の話だったり、「好きな子はいるのか」なんて話まで、たわいのない雑談ですが、授業ではあまり知ることのできない、生徒の個性や違った一面がよくわかります。ここでも、やはりマーリンに触れたくてたまらない子どもたちが、マーリンにぴったり寄り添っています。

普通中学の現場から離れていた十五年間の間に、指導内容や評価方法なども大きく変化しています。授業時間が減っても、教えなくてはならないことは山ほどあります。昔はよく授業中にも教科書以外の話を自由にすることがありましたが、今は時間的な制約もあり、それもなかなかできません。国語の授業中は教科書に沿いながら、より深く理解してもらえるように、より国語が好きになってもらえるように、知恵を絞《しぼ》ります。同時に、ぼくは個人的に話す内容や、生徒との雑談、個人個人と触れあう時間も非常に大切だと思っています。かつて自分自身の学生時代を思い返しても、授業そのものよりも印象的に覚えているのは、先生が語った人生についての話だったり、学生時代の失敗談だったりしますから。今のぼくは、逆に子どもたちとの何気ない会話や行動から、気づかされることがたくさんあります。表情を見て感情を読み取ることができないぶん、ちょっとした言葉や声色《こわいろ》などに、子どもの繊細《せんさい》な心の変化が表れることにも、だんだん気がつくようになりました。

教室から出る時には、国語係の生徒たちが、必ず教材を運ぶのを手伝ってくれます。教科ごとに係がいますが、教科連絡をするためのものなので、荷物運びを手伝うことはこちらから頼んだわけではありませんが、自発的にやってくれており、いつのまにか習慣になっています。

お昼が近づくと、給食のおいしそうな匂いが漂ってきます。当たり前ですが、先生でも生徒でも、目が見えても見えなくても、ぼくや生徒たちの腹時計が反応するのはおんなじです。

給食の時間、担任は教室で生徒と一緒に食べますが、ぼくは副担任なので職員室で、他の副担任の先生方と食べます。いずれは教室で生徒たちと一緒に食べることができたらいいなと思っています。

「先生はどうやって給食を食べているの」と生徒に聞かれることがあります。目の見えない人がどうやって食事をするのか、これも、実際に一緒に食事をしないとわからないことでしょう。普通と変わらないんだな、ということをわかってもらえたらいいなと思います。何より、食事の時間は一番のコミュニケーションの場であり、生徒も授業とは違う表情をしているでしょうから。

五、六時間目が終わり、掃除を済ませた後はホームルームです。担任の先生の代わりに行くホームルームや総合的な学習の時間には、時々、自分のことを話す機会があります。

これまで自分が歩んできた道のり、盲導犬やマーリンのこと、ぼくが教えてきた盲《もう》学校や養護学校ではこんなに頑張っている生徒がいたよ、という話などをします。

生徒たちは、静かにぼくの話を聞いています。どんな顔をして聞いているのかぼくにはわかりませんが、世の中にはさまざまな境遇《きょうぐう》の人がいる、ハンディがありながらも頑張っている人がいるんだな、そうしたことを生徒たちに伝えていくのも、ぼくの役目ではないかと思っています。

放課後、一階の職員室で仕事をしていると、グラウンドから運動部の生徒たちの元気な声が聞こえてきます。サッカーボールを蹴《け》り上げる音、必死にボールを追う子どもたちが砂を蹴《け》って走る足音。野球のバットにボールが当たる甲高《かんだか》い金属音、生徒や教員のかけ声…。「ああ、いいなあ。頑張ってるな」と温かい気持ちになります。目が見えていた頃は、ぼくもサッカー部の顧問《こもん》として生徒と一緒にいつもグラウンドを駆け回っていました。

ぼくは中学校の現場に再び戻ってくるまでに十五年かかりました。復職を希望してからも十年かかりましたが、もし十年前のぼくなら、運動部の子どもたちと一緒になって部活の指導をできない自分がいたたまれなくて、耐えられなかったことでしょう。今は胸が痛くなるような思いではなく、心が穏《おだ》やかになっている自分を感じます。

この十年という時間は、自分の障がいとの折り合いをつけていくために、自分にとって必要な、意味のある時間だったと思います。今のぼくは、目が見えなくてもできることがある。むしろ自分にしかできないことがあると信じ、この十年間は長かったけれど無駄《むだ》ではなかったんだと思うようになりました。

一日で一番ホッとする瞬間《しゅんかん》

学校を出るのは、だいたい六時半すぎになります。電車で帰ることもあるし、車で通勤している先生が送ってくださることもあります。マーリンも、夕方になるとお腹《なか》が空《す》いてきてソワソワするのか、よく車で送ってくださる先生が職員室に来られると、近くに寄っていって甘えるような声を出すことがあります。「帰るの？　ねえ早く帰ろうよ」と言っているのでしょう。

家まで車で送っていただいていると、頭の中でだいたい今この辺りだな、というのがわかります。「今どこそこ辺りですね」と言うと、「ぴったりですよ、よくわかりますね」と驚かれます。ぼく自身がかつて車を運転していたこともあり、道はだいたいわかっているので、まっすぐ走っているとか、右折した、線路を渡ったからこの辺りだな、というのは振動や体の感触《かんしょく》でわかります。また、電車の走っている音や車の方向などの音でもわかります。

自宅の近くには、夕方は結構交通量が多い道路があります。ある時、道の左端を歩いているつもりでいたら（盲導犬を伴《ともな》っている場合は原則、左側通行になります）、自分の左側をクラクションを鳴らしながら車が速いスピードで走りぬけたので腰が抜けそうになったことがあります。左端を歩いているつもりが道の真ん中を歩いていたのです。

マーリンは訓練の時から道路の左に寄るのが甘くて、気がつくとつい真ん中に行ってしまうことがあります。しかし、それでは車にひかれてしまうかもしれず、命取りです。ぼくはマーリンに「ノー（だめだよ）」と言ってチョークをします。そして「寄って」と言うと、「いけね、いけね」という感じでマーリンは道路の左に寄ります。

チョークとは、盲導犬を叱《しか》ったり、軌道修正《きどうしゅうせい》をさせるときに、リード（引き綱）を瞬《かん》間的《てき》に引っ張ってネックチェーンで首に刺激を与えることです。訓練の時に、そうやって叱《しか》るように指導を受けました。命に関わるような場面には、注意を促《うなが》すために、ピシャッと首を叩《たた》くような感じで強くチョークします。チョークするのはかわいそうですが、ぼくが事故に遭《あ》ったら、マーリンも盲導犬としての生命が終わってしまいます。そこは心を鬼にして、叱《しか》る時には叱《しか》らなくてはなりません。

家にたどり着き、玄関でマーリンのハーネスをはずす時が、一日で一番ホッとする瞬《しゅん》間《かん》です。すぐにマーリンのごはんです。ぼくが準備するまでじっと待っています。「待て、オーケイ」と言うとあっという間に食べてしまいます。ものの二、三分です。一日一回の食事なんだからもっとゆっくり食べればいいのに…、と思いますが、よほどお腹《なか》が空《す》いているのでしょう。

ラブラドール・レトリーバーは「歩く胃袋」とアメリカでは呼ばれるくらい本来食いしん坊で、いくらでも食べ物を胃につめこんでしまうそうです。野生では獲物をつかまえたら、つめこめるだけつめこんで、次の獲物を見つけるまで何日間か食べられないわけだから、そういうDNA《ディーエヌエー》が残っているのだと聞きました。だから人間が食事量をコントロールしないと太って病気になってしまいます。本当はもっと食べさせてやりたいところですが、決められた量だけを食べさせます。マーリンは訓練をしっかり受けているので、与えられた餌《えさ》以外を食べることはありません。たとえ目の前で人間がおいしそうなものを食べていても、食べてしまうなんてことは決してないのです。

餌《えさ》は「(財)アイメイト協会(盲導犬の育成と歩行指導を通して視覚障がい者の自立を支援《しえん》する団体)」が推奨《すいしょう》しているアメリカから輸入したドッグフードに、水をかけたものです。このドッグフードはここ数年毎年値上がりし続けて、国産のドッグフードより高価ですが、先代クロードの時から食べさせており、体調が良いので与え続けています。

食事が終わると、排泄《はいせつ》に連れて行きます。ここでも健康を確認します。

そして今度はぼくが着替えをして、夕食をとります。妻は学校に残り仕事をしていることも多く、夕食は主に母の担当です。

普段は帰りの遅い妻も早めに帰ってくる日は、一緒に夕食をとりながら、ゆっくり話をします。ぼくが中学に復帰したので、夫婦ともに同じ中学教師という職場環境になり、共通の話題も増えました。妻も、以前よりもぼくに中学で起こった出来事や悩みも話すようになりました。

今の普通中学の教師は、特に妻のように担任を持っていると、生活指導など仕事が昔よりも増えているために非常に忙しいのです。そんなわけで、妻の手料理では、ぼくは特にビーフシチューが好きですが、手の込んだ料理ができるのは週末に限られます。

ぼくは料理はしませんが、担当している家事はいくつかあります。まずは、冷蔵庫にしまいこまれた食品、牛乳とか期限切れのゼリーやヨーグルトとかの安全チェックです。「あれ、これは臭《にお》いが変だ」とか、「まだ大丈夫」とか判断するのはぼくの役目です。目が見えなくなってからは、嗅覚《きゅうかく》が以前より発達したようで、臭《にお》いをかぎわけるのはちょっと得意です。

あとは自分の部屋の掃除、特にマーリンの毛が抜けるので、それをガムテープで取るのは日課です。掃除機をかけて雑巾《ぞうきん》をかけるのは週末にやります。

また、週末には、家中のトイレ掃除、風呂掃除、洗濯もします。特に洗濯物を干すのは好きです。きれいになった洗濯物のいい香りがしますから。

目が見えていた頃は、家事は妻と母にまかせ、ぼくは何もしていませんでした。見えなくなって盲導犬と暮らすようになり、思いのほか毛が抜けてちらばるということに気づいてからは、自分にできることは自分でやろうと自覚するようになりました。そして、マーリンの世話もすべてぼくがやります。これは、「盲導犬の世話を、使用者である視覚障がい者自身がやることで自立を促《うなが》す」という、ぼくが盲導犬使用の訓練を受けたアイメイト協会の方針でもあります。

夕食を終えるとマーリンとともに二階の自室に行き、仕事に取り掛かります。まずはメールのチェックをして、インターネットで新聞を読みます。これもパソコンの音声読み上げソフトを使用します。元々インターネットを始めたのは新聞を読むのが目的でした。

それから教材の準備、授業計画の作成、プリントの作成、音読の練習などに取り掛かります。一番時間がかかるのは音読の練習です。

マーリンはじっと自分の定位置のソファに座ってぼくの様子を眺《なが》めています。アイメイト協会ではひとり遊びはあまりさせないようにと教わったので、特におもちゃは与えていません。「お仕事終わった？　遊ぼうよ」という感じでじゃれてくることもありますが、「まだ仕事中だよ」と言えばおとなしく定位置に座って待っています。

ひと通り仕事を終えると、明日の持ち物の準備をし、風呂や歯磨きをし、マーリンの排《はい》泄《せつ》を済ませてベッドに向かいます。

居間で、夜のテレビのニュース番組を少し見ることもあります。ぼくはニュース以外はあまりテレビは見ませんが、たまに家族でドラマやドキュメンタリーを見る時は、視覚障がい用の副音声にはしません。無言で表現するシーンでなければ、台詞《せりふ》と音でおおよそわかりますし、一緒に見ている家族が説明してくれたりします。

部屋に戻ると、マーリンはぼくの様子を観察し、「お仕事が終わったんだな」と思うと、飛びついてきます。「クーン」と甘えたような声を出して、前足をぼくに引っかけてのしかかってきたり、子犬がするようにぼくの手などを甘噛《あまが》み（甘えるため弱く噛《か》む）します。もの静かな優等生の盲導犬マーリンが、普通のワンちゃんに戻る瞬間です。頭やお腹《なか》をなでて、「よしよし」と可愛《かわい》がり、遊んでやる時、「そうか、マーリンは犬なんだな」と改めて思います。

ひとしきり遊んで気が済むと、マーリンはソファで丸くなり、ぼくはベッドに入ります。

マーリンの静かな寝息を聞きながら目を閉じる時、ぼくは心の中でつぶやきます。
今日もお疲れさま、ありがとう。おやすみ、マーリン。

第2章

悪夢

―しのび寄る黒い影―

「今日は小さい虫がいっぱい飛んでるな。異常発生してるんじゃないか」
その日、ぼくは顧問《こもん》をしているサッカー部の練習で、いつものように、生徒たちと一緒になってグラウンドを走り回っていました。
「え？　先生、虫なんて飛んでませんよ」
サッカー部の生徒たちが不思議そうに、ぼくが手で顔の前の虫を追い払おうとするのを見ています。それが悪夢の始まりでした。

次の日、朝起きると、右目が開きません。いや、確かに目を開けているのに、右目だけ暗幕が降りているように真っ暗なのです。

ちょっと疲れているのかもしれないな…。

今から約二十年前の一九八九年（平成元年）、当時ぼくは埼玉県秩父郡横瀬町《さいたまけんちちぶぐんよこぜちょう》立横瀬《りつよこぜ》中学校《ちゅうがっこう》の三年生の担任をしており、十一月の進路指導などで忙しい時期でした。そのうえ、明後日《あさって》には研究授業でぼくの道徳の授業を秩父《ちちぶ》市内の先生方が見学に来ることになっていましたし、サッカー部の顧問《こもん》として放課後も休日もグラウンドにも立っていました。

ぼくは二十八歳の働き盛り。忙しくも充実した毎日です。

目薬をさしてみましたが、右目は真っ暗なままです。

「すぐに病院に行って」

と心配する妻の真弓にせき立てられ、ぼくは近所の眼科に向かいました。

医師はぼくの目を診察するなり、血相《けっそう》を変えて言いました。

「このまま放っておくと失明します。一刻《いっこく》も早く手術をしなくてはなりません」

その病気は…、「網膜剥離《もうまくはくり》」。網膜《もうまく》が全て剥《は》がれてしまうと失明する病気。

網膜《もうまく》というのは、人間の目をカメラにたとえると、水晶体がレンズ。そのレンズを必要に応じてメガネやコンタクトレンズで調整することができます。そして、網膜《もうまく》はフィルムの部分。網膜《もうまく》というのは神経細胞《しんけいさいぼう》なので、一度剥《は》がれてしまうと再生がきかず、移植《いしょく》もできません。とりあえずできることは、網膜《もうまく》が剥《は》がれたところを、もうこれ以上剥《は》がれないように処置し、あとの残存《ざんぞん》視力を生かす手術をするしかない、とのこと。前の日に、小さな虫がたくさん飛んでいたのは、飛蚊症《ひぶんしょう》と言い、網膜剥離《もうまくはくり》の前兆《ぜんちょう》だったのです…。

ぼくは強度の近視で、日常的にコンタクトレンズを使っていました。たまに目が疲れることはありましたが、網膜剥離《もうまくはくり》という言葉さえ知らず、「失明の危機」ということなど想像したこともありません。

すぐに医師が大学病院に連絡を取り、紹介状を書いてくれました。予想外の展開に、ぼくは焦っていました。病状の深刻《しんこく》さについてはあまり実感が持てず、この忙しい時期に、何だかやっかいなことになってしまったな、明後日《あさって》の研究授業のために準備も重ねてきたのに、どうなってしまうんだろう、そんな目の前のことばかり気になっていました。

自宅に戻ると、妻が縁側《えんがわ》に座り、長女の美希《みき》を胸に抱いてあやしていました。生後五ヵ月の長女は安心しきった様子ですやすやと眠っています。

「右目、手術しないといけないんだって」

ぼくは長女を起こさないように、小さな声で妻に伝えました。

翌日、大学病院に入院、すぐに緊急手術となりました。長女を同居しているぼくの両親に預けて、妻も病院に一緒に立ち合いました。

手術室の寝台《しんだい》に横たわり、シートがかけられて目だけ出した状態で手術が行われました。局所麻酔《きょくしょますい》が打たれましたが、あまりの痛さにぼくはうめき声を上げていました。医師が話していることが全て聞こえます。目薬で瞳孔《どうこう》が開いたままの状態で目には強い光が当てられ、目の前で医師の手が動いています。二時間ほどの手術の間「痛くても治ればいい」「我慢しなくては」と必死に耐えていました。

右目に眼帯をして、じっと病院のベッドに横たわっていると、同僚《どうりょう》が代わりにやってくれた研究授業のこと、担任をしている生徒の進路、サッカー部のことなど、仕事のことが気になって仕方ありませんでした。

一週間ほどで退院。三週間ほど自宅で静養しながら病院に通い、ようやく眼帯をはずすことになりました。

「これでようやく元に戻れる」と思っていましたが、看護師に眼帯をはずしてもらい、ぼんやりとした視界が戻った瞬間《しゅんかん》、事態《じたい》の深刻《しんこく》さを理解しました。病院の柱の真ん中がへこんでいる。様子をうかがう医師の顔も歪《ゆが》んで見える。視力も極端に落ちており、物が全て歪《ゆが》んで見えるのです。

「元通りには戻らないけど、歪《ゆが》んで見えるのは徐々に回復しますよ」

との医師の言葉を支えに、学校に復帰しました。十二月、ぼくが担任をしていた中学三年生にとっては、高校受験など卒業後の進路に向けて、生徒一人ひとりの心が繊細《せんさい》で神経質になっている重要な時期です。生徒たちがみんな笑顔で卒業式に臨《のぞ》めるようにと、教師も真剣です。休んでいたぶんを取り戻そうという思いで、仕事に忙殺《ぼうさつ》される日々が続きました。そして三月。担任した生徒の進路もそれぞれ決まり、涙と感動の卒業式で、生徒たちが巣立っていきました。ぼくにとって、初めての三年生の担任。途中休むことはあったけれども、大事な仕事を成《な》し遂《と》げた充実感がありました。

右目が見づらい状態ではありましたが、それもしだいに慣れました。仕事に没頭《ぼっとう》し、普通の生活を送っているうちに、いつしか目のことも意識しないようになっていました。

四月からは中学一年生の担任になり、日々の授業もサッカー部の顧問《こもん》もこれまで以上に力を入れるようになりました。失明の危機を経験して、こうして再び元の生活に戻れたことがうれしくてなりません。中学教師の仕事が好きで、「天職だ」と感じていました。生徒たちと一緒に風を切ってグラウンドを走り回るのが、何よりも好きでした。サッカー部は弱いチームでしたが、一生懸命に練習する子ばかりで、何とか試合で勝たせてやりたい、と思っていました。いつもグラウンドで大声を出して叱咤《しった》激励《げきれい》し、少しでも暇があると練習方法やフォーメーションを考えたり、練習試合も熱心にやりました。

しかし、手術から一年が過ぎたころのこと。朝起きると右目に黒い影がちらつきます。定期的に目の検査をしていたのに、再び、同じ目が網膜剥離《もうまくはくり》を起こしてしまったのです。緊急入院し、すぐに大学病院で手術が行われました。前回の手術箇所が癒着《ゆちゃく》しているため、手術は一度目よりも強く痛みました。

数週間の休養期間ののち、再び学校に戻りました。手術をした右目に映る歪《ゆが》んだ景色で頭がくらくらします。そのために左目を使って物を見るようになりました。心のどこかでは、「次に再発したら失明するかもしれない、もし左目にも網膜剥離《もうまくはくり》が起こったら…」という恐怖心に襲われました。右目に「黒い影」が忍び寄るのを恐れていました。そんな不安や恐怖心を追い払うように、目の前の仕事に没頭《ぼっとう》していました。

―妻の決断―

やがて、妻が二人目の子どもを妊娠《にんしん》しました。長女の出産の時には、サッカー部の練習中に生まれてしまい立ち合えなかったので、今度こそはと思っていました。胎教《たいきょう》にいいからと、妻は休みの日にはいつも大好きなクラシック音楽のCDを聞いていました。

しかし、妻の出産予定日が近づくころ、ぼくは三度目の網膜剥離《もうまくはくり》を起こし、再び手術をするために入院。結局、次女の里菜《りな》の誕生にも立ち合うことはできませんでした。

それでも、ようやく、生まれたばかりの小さな娘を両手に抱いたとき、「何があっても家族を守っていかなくては」と強く思いました。ところが…。

「新井《あらい》先生、年度途中の復帰なので、副担任としてお願いします。目の状態を考えて、健康のため、サッカー部の顧問《こもん》もはずれてもらいます」

半年ぶりに復職したぼくは、校長先生からこのように告げられました。校長先生はぼくの健康を気遣《きづか》ってのことだと思いますが、ぼくにとっては「戦力外通知」をつきつけられたという思いと悔《くや》しさでいっぱいになりました。

大学を卒業してすぐに中学教師になって七年、自分なりに一生懸命努力してきたつもりです。新任以来、ずっと学級担任をやり、明るく活気のある学級作りを行ってきました。部活動の指導も人一倍やってきたつもりです。なのになぜ…。ぼくはまだまだ何だってできるはずなのに…。人生で初めて挫折《ざせつ》と敗北《はいぼく》を味わったのがこの時でした。

手術を繰り返した右目はほとんど視力を失いつつありました。常に眼圧《がんあつ》が高く、目が圧迫《ぱく》されたように痛みます。仕事ができないという焦りと悔《くや》しさ、将来への不安に、ぼくはいらだっていました。

自室の壁を、階段の壁を、こぶしで殴り、何個も穴を空《あ》けました。ことあるごとに妻に当たり、大きな声で怒鳴《どな》り、時には手を上げることもありました。妻は涙を浮かべながら、ぼくを見ていました。

ぼくが教師になって二年目、新任の音楽教師として赴任《ふにん》してきたのが妻でした。音大を出たての、明るくて元気なお嬢さん、彼女がピアノを弾く姿にぼくはひそかに胸をときめかせました。同世代の教師たちでグループ交際をするうちに、ぼくたちは恋人同士になり、出会って二年後の春に結婚。たくさんの生徒たちに祝福されて、地元の秩父《ちちぶ》神社で結婚式を挙げました。真っ白な花嫁衣裳《いしょう》に身を包んだ妻を見つめながら、必ず彼女を幸せにしようと誓ったのです。

あの日から四年。その妻に、自分のいらだちをぶつけ、泣かせるようになるとは、思ってもいませんでした。自分の弱さを嫌悪《けんお》し、いらだちをぶつけるという悪循環《あくじゅんかん》。顔を合わせれば夫婦喧嘩《げんか》を繰り返す毎日…。


ある日、長女と一緒に入浴していた時のこと。まだ幼い幼稚園児《ようちえんじ》だった長女の、今となっては忘れてしまいましたが、何かちょっとした言葉にぼくは腹を立て、気がつけば風呂場のガラス戸を蹴破《けやぶ》っていたのです。ぼくは足からひどく出血し、長女は驚いて泣き叫びました。あわてて駆けつけた妻が救急車を呼びました。これほどまでに激昂《げきこう》する自分とは一体何なのか…。何という人間に成り下がったのか…。

結局八針縫うケガで、今でも傷が残っています。

愚痴《ぐち》や泣き言ばかり言うぼくに失望したのでしょう、ある時妻がぼくの部屋に来て、低い声でこう切り出しました。

「もう、そんなにつらいのなら、子どもたちも一緒に、皆で死にましょう」

妻はこれまで見たこともない、能面《のうめん》のような顔をしていました。彼女は本気だ。ぼくは背筋が寒くなるのを感じました。

「…いやだ。子どもは道連れにしたくない」

子どものことはもちろん、ぼくも死にたいとは思いませんでした。

「わかった」

妻は表情を変えずに答えると、そのまま階段を下りていきました。今思うと、あわや一家心中の危機…。それくらいぼくらはギリギリのところにきていました。

病気の夫、子育て、生活の不安、全てをひとりで抱えた妻は、追いつめられていたのです。ぼく自身、彼女を思いやる余裕もありませんでした。

やがて妻は、短い育児休暇を終えて、中学の音楽教師の仕事に戻りました。ぼくが手術と休養を繰り返し、妻は出産と育児休暇を取っていたため給料が減り、高額な医療費もかさんで、家計が苦しくなっていました。ぼくの高齢の両親も同居しており、ぜいたくをしなくても、家族六人の生活費が次々と出ていきます。

妻は子どもの紙おむつも買うことができず、ずっと布おむつを使っていました。子どもに新しい洋服やおもちゃを買ってやることもできません。

家族の生活を支えるために、妻は働かなくてはならなかったのです。

でも、ぼくは仕事に出る彼女に「おまえは働けるからいいよな…」とつい棘《とげ》のある言葉を言い放ってしまう。妻は「何言ってるのよ！　もう行かなくちゃ！」と一向に取り合いません。

だいぶ後で聞いたのですが、妻の両親も、娘が苦労していることを察して心配していた
ようです。親からしたら、手塩《てしお》にかけて育てた、大切な娘です。でも、娘がぼくと喧嘩《けんか》を
して泣いて実家に帰ってきても、決して甘い言葉をかけることはなかったと言います。
「真弓。何があっても家に戻ってきてはいけない」
妻は父親に厳しく諭《さと》されました。
「淑則さんの病気を治すために、できる限りのことをしてやりなさい」
彼女の母親は、そっとお金を握らせて言いました。
逃げ道を絶たれた妻は、もう覚悟を決めて生きるしかなかったのです。
いつまでも泣き言を言っているぼくとは対照的に、いつしか彼女はたくましく、精神的
にも強くなっていました。

迫りくる恐怖

横瀬《よこぜ》中学校へ復職して、半年後。ぼくは埼玉県立秩父《ちちぶ》養護学校に異動しました。その年はJリーグ元年。ここで自信を取り戻し、いつかまた中学校へ戻るんだと心に誓《ちか》いました。その街中には「オーレ！　オーレ！」がこだましていました。

ぼくが勤務することになった埼玉県立秩父《ちちぶ》養護学校は、当時は知的障がいを持つ子どもたちが通っていました（現在は肢体不自由児《したいふじゆうじ》も対象の複合養護学校です）。ぼくは小学部の教師として、新たなスタートを切りました。

初めて教室で障がいを持つ生徒たちに出会った時、ぼくはショックを受けました。自分の子どもと同じ年ごろの子どもたちが、重い障がいを抱えています。知的な障がいに加え、身体的な障がいも併せて持っているケースもあり、話すことも、読むことも、食事や排泄《はいせつ》も自分でできない子どもも…。あまりのショックに「どうして神様は、小さな子どもにこんな過酷《かこく》な試練を与えるのだろう」とさえ思いました。

これまでと違い、ここでは日常生活全般を見るのが教師の仕事です。朝の会から、体操、図工、絵本を読む、数を勉強する、トイレや食事の介助《かいじょ》など何にでも関わらなくてはなりません。国語、算数といったような教科ではなく、日常生活や遊びを通して学んでいくといった内容です。最初ぼくが担当したクラスは小学三年生でしたが、排泄《はいせつ》が確立していない児童、発語のない児童、日常会話ができる児童と発達段階はさまざまでした。

ぼくが目が悪いということも、生徒たちは理解することができません。発語や会話ができる児童もわずか。他の先生方のように、障がい児についての勉強も特別に研修も受けてきたわけではないので、この子たちにどう接したらいいのか、初めての経験に戸惑《とまど》いながら、手探りのまま、実践《じっせん》で仕事を覚えていきました。

三年間担当した自閉症《じへいしょう》の男の子とは闘《たたか》いのような日々が続きました。彼はパニックになると暴れたり、ひっかいたり、噛《か》みついたり…。挙《あ》げ句《く》の果てには教室から逃げ出してしまうことも。そのせいでぼくも生傷《なまきず》が絶えませんでした。

自閉症にもいろんなタイプがありますが、一般的に、視覚、聴覚など情報の認識の仕方が特異なため、他者《たしゃ》と円滑《えんかつ》なコミュニケーションが図りにくいとされています。特徴《とくちょう》としては、視覚からの情報を認識しすい、とか、時間や約束事の正確性に過剰《かじょう》にこだわる、などがあります。彼らを理解するのには、まずそういった特徴《とくちょう》をつかむ必要がありました。それを踏まえたうえで懸命に付き合っていくうちに、少しずつわかりあえるようになっていきました。たとえば、その日の時間割を全て写真で提示し、彼が一番の楽しみにしている給食のメニューも写真にしたり…、彼が嫌っている大きな音をできるだけ回避してあげたり…。そうこうするうちに、今度は彼がぼくを頼るようになってきたのです。この時、ぼくは教師という仕事をしていて良かったと心から思いました。障がいのある子は一つひとつの発達度合いが遅いかもしれない、でも確実に成長しているんだと知ることができた、大事な経験です。

養護学校の教員をしている間も、再び右目が網膜剥離《もうまくはくり》を再発し、右目の視力はもはや完全に失われてしまいました。残された左目を使っているため、常に目の疲れを感じていました。

「もし朝起きて、左目に黒い影が映ったら、もうおしまいだ…」

黒い影が映ったら網膜剥離《もうまくはくり》です。もう視力の回復ができないということです。極力《きょくりょく》考えないようにしていましたが、頭のどこかに恐怖心が常にありました。その恐怖心を表せる相手は妻だけでしたが、僕自身、「失明するかもしれない」とは考えたくもなかったので、目のことは一切口にしません。そうなるとおのずと、何かにつけいらだっては文句を言い、喧嘩《けんか》になってしまうという相変わらずの状態でした。

毎月の目の定期検診では、残された左目が網膜剥離《もうまくはくり》にならないよう、網膜《もうまく》が薄くなっているところに、レーザー治療で予防をしていました。医師に、左目も失明する可能性があるのかと聞いても、「新井さん、それはかりはわかりません。神のみぞ知る、です」と言われるばかりでした。

通勤には乗用車を運転していましたが、右目が完全に見えなくなると、車幅《しゃはば》感覚がなくなります。前の車が右折のため右に寄ってウインカーを出している左側を抜けるのが怖くなり、「もう車はだめだな」と断念しました。好きだった車の運転を断念するのは、身を切られるような思いで、とてもつらいものでした。

―息子の誕生―

養護学校に異動して半年ほどが過ぎ、仕事にも手応《てごた》えを感じられるようになってきたぼくに、うれしい出来事が起こりました。妻の妊娠《にんしん》です。

「いつ失明するかもわからないのに、なぜ子どもを三人も欲しいと思ったのですか？」

と聞かれることがあります。

元から三人子どもが欲しいと決めていた、ということもありますし、目の障がいを持ったからこそ三人目が欲しいと思ったとも言えます。

実際、結婚する前から、妻とは「子どもは三人欲しいね」と話していました。ぼくが四人姉弟《きょうだい》で、妻は二人姉妹《しまい》。「二人じゃ寂しいわ」と妻が言い、「四人じゃ大変かな」とぼくが言い、間《あいだ》をとったのです。

そして妻が先輩の教師から、

「兄弟《きょうだい》が二人だといつでも平行線で、手を組んでも平行線。それが三人になると三角形、輪に近いものができて、子どものためにはすごくいいよ」

ということを聞き、それはいいことだとぼくも思いました。

また、ぼくの目の障がいがわかってからは、「老後、ぼくたち夫婦が娘たちを支えてやれるだろうか」という心配や、「将来的には親が先に亡くなるわけだから、子どもたちが大人になっても、二人よりは三人のほうがより助け合って生きていけるだろう」と夫婦で話し、三人目の子どもはどうしても欲しいと思っていたのです。

そして妻は、他の先輩の女性教師からも、

「子どもが増えるのは大変なことばかりではなくて、子どもがあなたたち夫婦の手助けになってくれるよ」とも言われたそうです。

実際に、三人の子どもたちの存在が、ただそこに子どもたちがいてくれることが、ぼくたち夫婦に絶望や苦しみからも立ち上がる勇気をくれたし、何度も救われてきました。

事前《じぜん》の妊婦《にんぷ》検診では、希望すれば男女どちらの赤ちゃんかを教えてくれるのですが、ぼくたちは生まれてからの楽しみにしようと思い、あえて聞きませんでした。どちらが生まれてもうれしいと思っていました。

生まれてきた子どもは元気な男の子でした。初めて出産に立ち合うことができて、感激もひとしおでした。小さな体でめいっぱい声を張り上げて泣く、生命力の固まりのような赤ちゃんを抱いたとき、喜びがこみ上げてきました。

長男には啓介《けいすけ》と名前をつけました。この子が大きくなったら、キャッチボールをしたいな、バイクでツーリングができたらいいな…。どんな大人になるのだろう。眠っている啓介の顔をじっと見つめながら将来を思い描きました。

もしいつか、左目も視力を失い、全盲《ぜんもう》になることがあっても、三人の子どもたちの顔だけは忘れない。ぼくは毎晩、左目の網膜《もうまく》に焼き付けるように、子どもたちの眠っている顔を見つめていました。

恐ろしい衝動《しょうどう》

「やられた！」

ぼくは思わず声を上げました。

長男が生まれて一年半ほどが経《た》ったその年の大晦日《おおみそか》。朝起きると左目の視界に黒い幕が降りていいます。恐れていた網膜剥離《もうまくはくり》がついに起こったのです。数週間前から、目の調子が良くないとは思っていました。

冷や汗が流れ、全身に震えがきました。冷静に物事が考えられません。

すぐに妻の運転で、大学病院に向かいました。

「このまま全盲《ぜんもう》になったらどうすればいいんだ」

「手術してみないとわからないじゃない、とにかくやってみないと」

うろたえるぼくに気合を入れるように、妻が言います。

そのまま入院はしたものの、年末年始で医師が休みで手術スタッフがそろわないため、手術ができないというのです。応急処置の点滴と、剥離《はくり》を進行させないために安静《あんせい》にしているほかないのです。「何とかならないんですか。一刻《いっこく》も早く手術しなくては、左目も失明してしまう…」。ぼくは焦りました。しかし、どうすることもできません。

病院のベッドにひとり横たわり、いつ手術ができるのかわからないまま、時間の過ぎるのをただ待っていました。目を開けても、日増しに視界が狭《せば》まっていくのを感じ、恐怖のあまり目を閉じても眠ることができません。

妻は三人の幼い子どもを連れて、病院に通ってきました。まだ幼い長男を胸に抱いて、背中に次女をおんぶし、長女の手を引いていました。ぼくを励まそうとする妻の気持ちはありがたいし、子どもの前では不安な顔を見せたくはないのですが、口を開けば不安しか出てきません。

「いつ手術ができるかわからない。このままでは、網膜剥離《もうまくはくり》が進んでしまう…」

結局、手術が行われたのは、入院して二週間後のことでした。

手術が終わり、翌日に眼帯をはずしてもらう瞬間《しゅんかん》は緊張します。手術の後遺症《こういしょう》で視界が歪《ゆが》んで見えます。その後も入院したまま手術を繰り返しました。手術の激痛に耐えかねて、全身麻酔《ますい》をしてもらうようになりました。でも、手術を重ねても、視力は落ち、視界は狭《せば》まるばかりで、とうとう左目もピンホールほどの穴からぼやけた世界が見える程度にまで悪化してしまいました。

ほとんど見えないため、完全看護で食事やトイレもすべて介助《かいじょ》してもらいます。これから先、完全に目が見えなくなったらぼくの人生はどうなるんだろうか…。

「お父さん、来たよ」

「お父さん」

子どもたちの声がします。

妻が子どもたちを連れてお見舞いに来てくれても、もうぼんやりと輪郭《りんかく》が見えるくらいで、表情がわかりません。手術の跡を見て怖がっているのではないかな。ぼくは必死に笑顔を作りましたが、何を話していいのかわかりません。

ぼくはお見舞いに来てくれた養護学校の同僚《どうりょう》に「子どもの顔が見られないのがつらい」と嘆きました。

「見えなかったら、顔をなでてやればいい。思い切り抱きしめてやればいい」

同僚《どうりょう》は、落ち着いた声でぼくを諭《さと》しました。その通りだと頭では理解しながらも、素直に受け入れることはできませんでした。

「結局ぼくの目はどうなるんですか」

ぼくは医師に尋ねました。

「新井先生ね、そんなことを言ってもね…」

医師は言葉を濁《にご》します。

医師はぼくのことをいつも「先生」と呼びました。先生、と呼ばれるたびに、「お願いだから先生と呼ばないでほしい」と思いました。「先生」という言葉に、「あなたは先生なんだから、泣き言なんて言わないでしょう、しっかりしなさい」というニュアンスを感じるからです。「ぼくは不安で臆病《おくびょう》な患者だ。先生じゃない」と心の中で叫んでいました。

ある時、ぼくの母親が医師に泣きついているのを偶然耳にしてしまいました。

「先生、私の目を息子にやれないでしょうか。私は見えなくなってていいから、息子の目をどうか見えるようにしてください…」

七十歳近い年老いた母に心配をかけて、親不孝をしているな、と申し訳ない気持ちになりました。

ぼくの病室は七階でした。外の空気が吸いたくて、看護師に隠れて、窓枠を乗り越え、ベランダによく出ていました。眼下《がんか》には田んぼが広がり、天気が良ければ秩父《ちちぶ》の山や富士山が見えるはずです。

「この手すりを乗り越えたら、楽になれるな…」

ベランダの手すりにもたれて飛び降りたい衝動《しょうどう》にかられたこともあります。頭の中では「死ぬつもりなんてないさ」と思っているのですが、体が自然に動こうとします。が、次の瞬間《しゅんかん》、子どもの顔が、妻の顔が、両親の顔が浮かんだのです。一体ぼくは何をしているんだ。ハッとしてその場に立ち尽くしていました。

宣告《せんこく》

病院ではじめの数週間は個室でしたが、長期入院となると費用もかさみ、途中で大部屋に移りました。

大部屋の患者は、二泊三日程度で退院できる、白内障《はくないしょう》の手術を受けるお年寄りがほとんどでした。体は元気な方が多く、「あんたはなんで若いのに見えないんだい？」とか「白内障《はくないしょう》なら、手術するとよく見えるよ」などと話しかけてくるのがうっとうしく、「こちらの事情も知らないのに。お願いだからほっといてくれ」と思っていました。「ああ、よく見える、良かった」と家族で大喜びしている声が聞こえるのもつらく感じました。

三ヵ月の入院生活では、つらい心のうちを語り合える仲間もできました。ぼくより年上の男性が二人、どちらも目の重い病気で長期入院していました。同じ苦しみを共有できる彼らと、家族や趣味のこと、仕事やこれからの人生についてまで、お互いの不安を言葉にして話すことで、心が落ち着きました。まだ完全に失明したわけじゃない。最後まで、あきらめてはいけないと思うようになりました。

この病院にいてはもう手術ができないとわかり、ぼくは知人に頼んで調べてもらった別の病院に転院することにしました。半《なか》ば無理やりに今の病院を退院して、新しい病院の予約を取りました。どうにかして、もう一度、見えるようになりたい。わずかな可能性でもあるのなら、そこに賭《か》けたいと思ったのです。

新しい病院は自宅から車で四時間もかかる場所でした。網膜剥離《もうまくはくり》の手術では日本で五本の指に入ると言われるその病院で、ぼくは数度の手術を受けました。

しかし、視力は衰《おとろ》える一方で、ついに全く見えなくなってしまいました。左目に網膜剥《もうまくはく》離《り》が発症してから半年、恐れていた〝失明〟が現実のものになったのです。

「もう見えなくなった」

妻には言葉に出して言えません。

しかし、ベッドから自力で動くこともできなくなったぼくを見て、妻も何が起こったのか悟《さと》ったようでした。

「今後視力が回復する見込みはありません。残念ながら、もう病院でできることは何もありません」

医師から宣告され、退院することになりました。

闇《やみ》の中

自宅に戻ってからのぼくは、まさに「生《い》ける屍《しかばね》」でした。

立っていることも、起きていることもつらく、精神的にも、肉体的にも疲れきって、一日中、布団《ふとん》の中にいました。横になっても涙が流れるばかりで、眠ることもできません。昼も夜もわかりません。言葉を発する気力も失われていました。

一瞬《いっしゅん》まどろんで、失明して真《ま》っ暗闇《くらやみ》の中にいるという恐ろしい夢を見て、「ああいやな夢だ」と汗びっしょりで目を覚まし、目を開けても、何も見えないのです。「いや、現実なんだ。見えないことが…」悪夢を見続けているような感覚で、頭がおかしくなりそうでした。

失明というと、見えている人は、目を閉じた真っ暗な状態だと思うでしょう。しかし、真っ

暗ではなく、ぼくの左目にわずかに光覚《こうかく》が残っているせいかもしれませんが、時に視界ゼロの濃霧《のうむ》の中だったり、白とグレーと黒のまだら模様だったり闇《やみ》の中に白い雲があったりと、さまざまな「闇《やみ》」なのです。

家の中を歩いてみても、まるで雲や濃霧《のうむ》の中を歩いているかのように、地に足がついている感じがしません。それは視覚が失われたことによるものですが、本当に手や足もなくなってしまったような感じがしました。

寝ても、起きても、気がつくと涙が流れていました。涙腺《るいせん》が壊れたのかというくらい、涙があふれ出るのです。手術の時の痛みが蘇《よみがえ》り、目の奥が痛みます。実際に右目は眼圧《がんあつ》が高く、寝ているところを誰かに靴で踏まれているような痛みと圧迫感《あっぱくかん》がありました。

痛み止めの薬を常用し、目の循環《じゅんかん》を良くするために利尿剤《りにょうざい》も飲んでいたせいで胃が荒れたのか、精神的なストレスも加わって、胃潰瘍《いかいよう》になりました。

この時期から一年くらいは、非常に精神的につらい時期でした。ぼくは自分の殻《から》に閉じこもり、心を閉ざしていました。今となっては、その当時の記憶すらはっきり思い出せません。

誰の言葉もぼくの心には届かず、自分がこの世で一番不幸だとしか考えることができませんでした。最初に網膜剥離《もうまくはくり》になってから七年が過ぎ、ぼくは三十五歳になっていました。妻も子どももいる働き盛りの年齢の自分が、働くどころか全く動けない、自分は何の役にも立たない人間なんだと我が身を責め、運命を呪《のろ》いました。

「このまま生きていてもしょうがない。死んでしまえば楽になる」

ぼくは再び死の誘惑《ゆうわく》にとりつかれていました。が、死にたくても動くことすらできない。自力では歩けない。どこにも行けない。ぼくは死ぬことすら自分ではできないあわれな人間なのだと、いっそうみじめな気持ちでした。

生まれ育った自宅なので、家の中は壁をつたって何とかゆっくりと歩くことができる。食事の時だけ居間に下りて、それ以外はずっと自室に閉じこもりきり。

高齢の両親は、ぼくを心配するあまり、すっかり落ち込み、ふさぎこんでいました。昼は両親とぼくと三人で食事をします。母は、ぼくに食事の説明をします。

「右に味噌汁《みそしる》、左にごはん、手前に箸《はし》。十二時のお皿にシャケ、十一時のところにたくあん…」と。

それでも、ぼくが、箸《はし》を探していたりすると、母が突然消えます。黙って席を立って、裏庭に出ていったのが音でわかりました。最初は何が起こったのかわかりませんでしたが、何度かそういうことがありようやく理解しました。外で、母は泣いていたのだと。父はぼくの隣でじっと黙っているだけ。いつもにぎやかで、うるさいくらいだった我が家の食卓が、毎日お通夜《つや》のようでした。

両親は二人きりになると「淑則がこのまま見えないまま生きていくのはかわいそうだ。もう三人で死んでしまおうか」と話してばかりいたのです。そんな両親に「そんなことでどうするの。わたしと子どもはどうしたらいいの」と、叱咤激励《しったげきれい》するのはいつも妻の真弓でした。

妻は家族を養うために、育児休暇もほとんど取らずに中学校の音楽教師の仕事に忙殺《ぼうさつ》されていました。まだ二歳の長男と、幼稚園に通う四歳の次女、小学校に入ったばかりの七歳の長女の子育ても、妻がやらなくてはなりません。私が頑張るしかない、と必死に、家族の中で孤軍奮闘《こぐんふんとう》していました。子どもたちは、幼いながらも状況を理解し、ぼくに話しかけにくいようで、あまり近づいてはきませんでした。父親の変貌《へんぼう》に、どれほど戸惑《とまど》ったことかと思います。ぼくも、子どもたちに泣いている姿を見せたくないと思い、ほとんど自分の部屋に引きこもっていました。

妻の誘い

ぼくが部屋に引きこもっている間、「子どもにだけは良い教育を受けさせたい」と妻は節約をして家計を何とかやりくりし、子どもたちにピアノと習字と女の子にはバレエを習わせるようになりました。娘たちが家に帰ってくると、子ども部屋からピアノの音楽が流れ、バレエの練習をしているのか、楽しそうに飛《と》び跳《は》ねている音が聞こえます。ぼくの知らないところで、子どもたちは日一日と成長していきました。

ぼくも、いつまでも横になって泣いてばかりはいられません。

このままでは歩くこともできなくなると、まず始めたのが、家の階段の上り下りでした。一日中、階段を、何度も上り下りしました。足の筋力が衰《おとろ》えないように、それだけではなく、肉体的に疲れれば眠れるだろうと思ったからです。しかし、悔《くや》しさ、悲しみ、つらさがこみあげてきては、何度も階段の壁をこぶしで殴り、いくつも穴を空《あ》けました。

ある早朝、ふと思い立ち、ひとり家の門を出ました。車も人も通らない時間です。かすかに残る左目の光覚《こうかく》が捉《とら》えた、道路の路肩《ろかた》らしい白線を頼りに、恐る恐る歩いてみました。一歩一歩、白線を見失わないように、慎重《しんちょう》に歩きます。

そのうち、不安になり家に引き返そうと思いました。ところが、家が、門がどこにあるのかわかりません。目の前にあるはずの自分の家もわからない。三十年以上も住んでいる自分の家がわからない。はいつくばるように、手探りで必死に門を探し、やっとの思いで家にたどり着きました。

「もう、ぼくはひとりで歩くこともできないのか…」愕然《がくぜん》としました。

ぼくが少しずつ動くようになると、口を開けば夫婦喧嘩《げんか》という日々が始まりました。我が家で車を運転できるのは妻だけでしたので、何か頼んだところ、妻が「忙しいから無理よ」と断ったのに腹が立ち、「おまえはどんなに忙しくても働けるからいいよな」と言うともう喧嘩《けんか》が始まります。つい、「おまえはいいよな、俺と離婚して再婚すれば幸せになれるんだから」と言葉が出てしまいます。「冗談じゃない。子どもが三人もいるのに、何てこと言うのよ」と妻も激しく言い返します。

妻がひとりで十分すぎるほど頑張っている、ということが頭では理解していても、自分のいらだちを止めることができません。見えないぼくの気持ちは誰にもわからない、と自分から家族の中で孤立していました。

「視覚障がい者のための訓練施設がある。訓練をすれば、外に出かけたり、動けるようになる。行ってみましょうよ」

妻は、ぼくを外に連れ出そうとします。

しかし、ぼくはなかなか踏み出す決心がつきません。

「真弓さんはどうして淑則にそんなに厳しいことを言うの？　淑則がかわいそうだ。まだ休ませてあげて」

ぼくの両親は妻を責めます。

それでも妻はあきらめません。

「淑則さんはまだ若いんだから、早くできることを見つけたほうがいいと思うわ」

ついに両親とも言い争いが始まります。どちらも負けてはいません。喧嘩《けんか》が始まると、子どもたちはどこかに離れていきます。

ぼくは子どもたちにこんな親たちの姿を見せて情けないな、と思いながらも、いつしか「死にたい」と口にしなくなっている自分に気がつきました。

第3章

暗闇《くらやみ》からの第一歩

―妻に連れられて―

「マッサージに行こう」

ある朝、妻がぼくに言いました。

「あなたに会わせたい人がいるの」と。

妻がぼくに会わせたい人物とは、高校時代、彼女が一緒にピアノを習っていた後輩の女性のご両親。夫婦そろって目が不自由であるにもかかわらず、両親の介護《かいご》をして、最期ま

で看取《みと》り、自分たちの働いたお金で二人の子どもを大学までやるなど、立派に子育てをされたというのです。

最初は気乗りがしませんでしたが、どうしても連れて行くという妻の言葉に根負《こんま》けした形でぼくは妻の運転する車でその家に向かいました。

病院から自宅に戻って半年、ほとんど家に引きこもる生活で、外部の人と会うのも遠出をするのも久しぶりだったのでぼくは緊張していました。

車から降りると妻の手に導かれてぼくは一歩ずつ踏みしめるようにしてその家に入りました。

「こんにちは、いらっしゃい」

夫妻は自宅でマッサージ院を営んでおり、ぼくたちを快く迎え入れてくれました。

御主人はぼくに目に効果があるというマッサージを施しながら、「自立することが大事です」と何度も言いました。「自立」という言葉には、精神的、身体的、生活的の三つの意味が含まれています。その三つの面で自立が大事と強調するのです。

奥さまのほうは元々病気で目が悪くなり、御主人のほうは仕事中に事故に遭《あ》い、目が悪くなったそうです。

そんな二人が結婚をし、今は日常的には何の問題もなく生活をしています。御主人が、

「白杖《はくじょう》一本で、池袋《いけぶくろ》でもどこでも行けるんだよ」と言えば、奥さまは「得意料理は天ぷらなのよ」とも。

夫婦ともに目が悪くても、互いに自立し、頑張りさえすればやっていける。子どもが生まれてからは、子どもに字を教えるのにひらがなの積木を彫刻刀で彫って字を教えたと、話してくれました。人知れず涙ぐましい努力をしてきたのです。

「目が見えなくても心配することはありません。大丈夫、しっかり自分を信じていけば、きっとあなたにも道は開けると思います。ぼくたちは、目が見えなくても子どもを育てることができました。親の介護《かいご》もして、看取《みと》ることもできました。あなたは若いし、きっと大丈夫」

その夜、ぼくは布団《ふとん》に入ると、昼間会ったご夫婦のことを思い涙が止まらなくなりました。どうしてぼくは彼らのように目が見えなくなった状況を受け入れられないのか…。目が見えないということは、職業も限られたものになる。今日出会ったご夫婦のように、ぼくも按摩《あんま》、鍼《はり》、灸《きゅう》、マッサージ師になるのか…。教師に戻る夢は叶《かな》わないのか…。心の隅《すみ》に抱いていた希望が音を立てて崩れていくのを感じました。

その後も、妻はありとあらゆるつてを頼って、話を聞かせてくれる視覚障がい者に次々と連絡を取りました。ぼくを勇気づけ自立させるために。

ある日、ぼくを目が不自由な男性の元へ連れて行きました。初老《しょろう》とおぼしき男性もまた、人生の途中で全盲《ぜんもう》になったといいます。奥さまは晴眼者《せいがんしゃ》（目が見える人）ですので、ぼくたち夫婦と同じ境遇《きょうぐう》です。その男性は優しいながらも真剣な声で言いました。

「新井さん、あなたが目が見えるようになると思いたい気持ちはわかります。でも、完全に目が見えなくなる可能性だってあるんです。今のうちからその日のためにいろいろと勉強したほうがいいですよ」

全盲《ぜんもう》になった時彼は絶望し、その事実を受け入れられずにいましたが、ある時、「目が見えなくなったのは交通事故に遭《あ》ったみたいなものだと思って、見えるようになることをあきらめよう。事実を受け入れて次に進まなくては…」と泣きながら決心したと言います。つらい選択だが、それしか生きる道がないと。

その時ぼくの両方の目は全く見えなくなっていました。医師にも「回復の見込みはありません」とはっきり告げられていたのです。でも、ぼくはその事実を受け入れられずに、「まだ希望があるはずだ。いつか必ず見えるようになる」と現実から目を背《そむ》け自分の世界に閉じこもっていたのです。

「すぐにでも、地元の役場で視覚障がい者であると申請《しんせい》を出し、リハビリテーションセンターで新たな生活の一歩を踏み出してください」とその男性はぼくに繰り返し言いました。

彼の言葉を聞きながら涙が止まりませんでした。


「おまえはどうするんだ」


心の中で自分に問いかけました。

ぼくは「全盲《ぜんもう》」である事実を受け入れなくてはと思いました。

泣き続けるぼくをそっと見守るように妻は黙って座っていました。

彼らと出会って以来、ぼくはずっと考え続けていました。

「自立することが大事」

「交通事故に遭《あ》ったみたいなものだと思ってあきらめる」

数日後、ぼくは全盲《ぜんもう》である自分を受け入れる決意をしました。

役場に出向き、「身体障害者手帳」を申請し、リハビリテーションセンターに通う手続きを行いました。

宮《みや》城《ぎ》道《みち》雄《お》先生との出会い

「視力を失っても、やる気さえあれば、あなたも教師に戻れますよ」

ある日突然、一本の電話がぼくにかかってきました。その人は、埼玉県立岩槻《いわつき》高校で物理を教えている宮城道雄と名乗りました。教職員組合を通じて、ぼくのことを知ったと言います。

その人は視覚障がいを持ちながら普通高校で教師をしているというのです。

「信じられない、そんな人がいるなんて」

しかも宮城道雄と言えば、名曲『春の海』で知られる盲目《もうもく》の作曲家・箏曲家《そうきょくか》（琴の演奏家）の宮城道雄と同姓同名《どうせいどうめい》ではありませんか。

数日後、ぼくたちは熊谷《くまがや》の喫茶店で会いました。

妻は仕事で出かけておりましたので、母が付き添いです。

宮城先生は、幼い頃から徐々に視力を失い、弱視《じゃくし》となった今ではほとんど視力が残っていま

せん。その後いろいろな人の協力を得て教師を続けています。彼はぼくに、視力を失っても教師を続けるための方法を丁寧に細《こま》やかに説明してくれました。音声ワープロを使用して教材を作り、ボランティアの人に資料を読んでもらったり、教科書を拡大してもらったりして、普通高校で教壇《きょうだん》に立っているという事実には驚かされました。

宮城先生は大きな声で熱心に話されるので、その時はぼくも母もただ気《け》おされて黙って話を聞くだけでした。

「新井さん、大丈夫。努力すれば必ずあなたもまた教職に戻れますよ。あなたのやる気ひとつですよ」

視覚障がいがありながら普通高校の教師をやるなんてことは、当時のぼくにしてみたら驚くばかりです。世の中にはこういう人もいるんだと刺激《しげき》は受けましたが、どうしても他人事で、自分とは遠い世界の人という気がしました。正直、自分にそんなことができるわけがないと思いました。

その後も宮城先生から何度も電話がかかってきました。

「絶望しないで、もう一度教壇《きょうだん》に立ちたいと前向きな気持ちになってください。一緒に頑張りましょう」

あまりに頻繁《ひんぱん》に電話がかかるので、「ちょっとこの人強引だな」と思ったこともあります。当時のぼくは、教師に復職するなんて夢のまた夢でした。でも、そんなぼくに宮城先生は「時間なんてあっという間に経《た》っちゃいますよ」と熱心に語りかけるのです。

「何でそんなにおせっかいなの。放っておいてくれよ」

愛情のこもったアドバイスもうざったく感じることもありました。

「ぼくが勤務していた養護学校の現実はあなたにはわからないでしょう。とても大変なところなんです」

ぼくは思わず反論していました。

復職をするとなると、ぼくはこれまで勤務していた養護学校に戻ることになる。それが原則なのです。宮城先生の働く普通高校と異なり、先生であるぼくが全盲《ぜんもう》であることを理解できない知的障がいの子どもたちがいる養護学校で教えることは容易《ようい》ではない、と思っていました。

「新井さん、障がいを持ちながら教師に復職している人はぼくだけではありません。あなたは支えてくれる温かい家族にも恵まれている。あなたならできる。頑張ろうよ」

「そんなこと言われても、ぼくにはできません」

教師に復職することが重荷《おもに》にも感じ、また追いつめられたようにも感じ、失礼にも話の途中で電話を切ったこともあります。

しかし、それでも宮城先生はぼくに電話をかけてきてくれるのです。

宮城先生は、全盲《ぜんもう》になり絶望の淵《ふち》にあるぼくを何とか救いたい、という慈愛《じあい》に満ちた心の持ち主でした。

「障がいがある人もない人も一緒に生活をし、助け合える温かい社会になってほしい。子どもたちにとっても、日常的に障がいを持つ人と接することで、自然に他者《たしゃ》を思う心が育つ。そのことを教えられたら、障がい者が教師をする意味は大きいと思う…」と宮城先生はいつも言っていました。

何とかぼくを勇気づけて、復職させたいとその後も何度も電話をかけてきてくれました。また、時にはぼくに会いに何時間もかけてぼくの家の近くの駅まで足を運び、喫茶店で話をされたこともありました。

宮城先生との出会いがなければその後、ぼくは教師に戻ることはなかったでしょう。少しずつ、ぼくはうつむいていた顔を上げて前に向かって歩き出そうとしていました。

リハビリからの再出発

ただ落ち込んで、心を閉ざしていても事態《じたい》は何ひとつ変わらない。次々と自分のほうから求めて動かないと道は開けない。

生きていくためには全盲《ぜんもう》になったという現実を受け入れて、前向きに生きるしかないと気づかされたぼくは、リハビリテーションセンターで訓練を始めることにしました。国立身体障害者リハビリテーションセンター（通称：国リハ）は、身体障がい者のための治療、リハビリ、訓練から、研究者・技術者の育成《いくせい》まで行う総合施設。脊髄損傷《せきずいそんしょう》、頸椎損傷《けいついそんしょう》の方の運動機能回復、肢体不自由《したいふじゆう》の方が歩行訓練を行うなど、さまざまな障がいを負った人々が入院しています。ぼくも、二ヵ月間入院して、点字と歩行訓練を受けることになりました。

リハビリを決意したものの、妻も帰りひとり部屋にとり残されたぼくは、心細くて寂しくて、これからどうなるのだろう、と不安でいっぱいになりました。

目が見えなくなってからは、常にぼくには家族が手を貸してくれていました。ひとりで外に出ることも、知らない人に何かを聞いたり頼ったりということもありませんでした。でも、ここではトイレに行くにも、どこへ行くにも、全て人に声をかけて手助けを頼む「援助依頼《えんじょいらい》」をしなくてはなりません。

「これを使ってください」

看護師が白杖《はくじょう》を渡してくれました。生まれて初めて使う、白杖《はくじょう》です。目が見えていた頃に、視覚障がい者が使っているのを見かけたことはありますが、実際に持ってみると、この杖《つえ》一本でどうやって歩くのか、と心もとない感じがしました。

「困ったことがあったらナースコールで看護師を呼んでください」

ナースコールの位置を手探りで確認します。明日からのことを考えると不安で、その夜はなかなか寝つかれませんでした。

翌日からさっそく訓練が始まりました。

まずは机に座って点字の訓練です。紙にポツポツと刻まれた点字をひたすら手で触り、あ行から順に五十音の表に沿って覚えていきます。

生まれついての視覚障がい者で、幼い頃から点字に触れている人は、子どもがひらがなを覚えるように自然と吸収できるようですが、ぼくのように大人になってから点字を始める場合、指先の感覚ひとつとってもそれを文字として認識するのに時間がかかり、会得《えとく》するのは容易《ようい》ではありません。

点字自体は乱数表《らんすうひょう》のように、縦と横の組み合わせでできています。五十音そのものの組み合わせを覚えるのは一週間ほどでできましたが、指先で点字を触って読み取る「触読《しょくどく》」は難しく、何度触ってもポツポツとしか感じられないのです。個々の文字の微妙な位置の違いを感じ取ることができません。こんな調子で点字が本当に読めるようになるのかとぼうぜんとなりました。

点字を学ぶコツは、一日十分でもいいから毎日触ること。指導の先生に、まず言われたことです。夜、部屋に戻ると必ず毎日、点字表をぶつぶつ口で唱えながら触って練習するようにしました。

はじめはただ不規則にでこぼこしているだけに感じられたものが、いつしかひとつの文字として指先で認識できるようになるのは不思議な感覚でした。そのうち、凹凸《おうとつ》を文字と感じ、単語になり、単語が文になり、やっと一文を読めた時、指先から伝わる言葉が温かい血液となって、体中を駆け巡るような喜びを感じました。

歩行訓練では白杖《はくじょう》の使い方を学びました。はじめは室内での白杖《はくじょう》の使い方です。それができるようになると、敷地内の点字ブロックを白杖《はくじょう》で触れながらひとりで歩きます。

後ろに先生がついて見守ってくれることはわかっていても心細さと恐怖感に襲われます。

「どんなに怖くても、これから先ぼくはひとりで歩いていかなくてはならない」

必死に自分を奮い立たせ、すくむ足を前に出します。

一緒に訓練を受けている仲間のひとりに、小学校の教師をしていたという五十歳くらいの女性がいました。弱視《じゃくし》で見えにくくなり、歩行を習いに来たというこの女性は、元気印の固まりのような人。ぼくの妻も元気印の固まりのような女性ですが、この人は妻以上にたくましく、とにかくパワフルで圧倒されっぱなしでした。

ある日、その女性に、「障害者手帳が（全盲《ぜんもう》になって）一級になってしまいました」と自嘲《じちょう》気味《ぎみ》に言うと、「何言ってるの、手帳を首からぶら下げて歩いているわけじゃあるまいし。あなた、しっかりなさい」とあっさり喝破《かっぱ》されました。

彼女は、もう小学校の教師は続けられないということで、ぱっと潔《いさぎよ》く気持ちを切り替えて、鍼灸《しんきゅう》の勉強を始めることにしたと言います。とにかく何をやるにも前向きで、「新しいことを覚えるのが楽しくてしょうがない、毎日が発見なのよ」と明るい声でいつもぼくを元気づけてくれました。こんな風に、何事にも前向きに向かっていけたら素晴らしいな、と内心うらやましく思いました。

泣きながら前に進む

国立身体障害者リハビリテーションセンターでの訓練を終えるころ、より専門的な長期の訓練を勧められ、今度は埼玉県総合リハビリテーションセンター（通称：県リハ）にて、一年間という予定で入所訓練を受けることになりました。

こちらも国リハと同じように施設《しせつ》に寝泊まりしながら、学校のように一時間目は点字、二時間目は白杖《はくじょう》で歩行訓練という風に全て時間割が組まれています。

県リハは、国リハと比べてとにかく訓練が厳しいことで定評があります。当然、アルコールなどは一切禁止。就寝《しゅうしん》時間まで決められており、夜中に見回りがやってきます。

特に歩行訓練は厳しく、失敗すると、教官から即座《そくざ》に厳しい言葉が飛びます。

「ああいうことをしたら死んでたよ」

「ああいう横断の仕方はできてない」

「今まで訓練したことが全く生きてない」

しんどくて、できないことが悔《くや》しい。時には自分よりも若い健常者《けんじょうしゃ》の教官に頭ごなしに叱《しか》られ続けてプライドもずたずたになり、気持ちが弱くなるとつい涙が出そうになります。

教師というのは、ぼくに限らず、「教わり下手《べた》」なのではないでしょうか。商売柄、人に教えるのは得意だけれど、逆だから勝手が違うのか教わるのはなぜか苦手。でも、ここではそんなことは言っていられません。何歳だろうと、どんな立場の人であろうと、視覚障がい者になった以上、ここではみんな生徒です。泣いてあきらめれば負け、自分が困るだけです。

ある時は、歩行訓練を受けている年配の人に教官があまりに厳しく指導するので、聞いていた近所の人が「あんたね、そこまで言うことないじゃない」と教官をいさめたという逸話《いつわ》があるくらいの厳しさなのです。

「あの野郎、あんなこと言いやがって…」

「あいつひでえよな」

「あの教官、いやだよな」

仲間と話す時は、みんなついつい愚痴《ぐち》をこぼします。

いくら教わっているからといっても人間だからかっとなることもある。なんでこんな思いをしなけりゃいけないんだと…。

しかし、それも全て視覚障がい者の生命の安全に関わること。だから教えるほうも真剣勝負なのです。

それに、ぼくはいつか盲導犬が欲しいと思っていました。「新井さん、盲導犬がどこへでも連れて行ってくれるわけじゃない。白杖《はくじょう》できちっと頭の中に地図を描いて歩行ができない人は盲導犬だって使えないんですよ」と教官に指導され、よけいに頑張らなくてはと思いました。


ある時、授業で歩道を歩く訓練をしていた時のこと。

道路は渋滞《じゅうたい》しており、ぼくは自分の姿をたくさんの人に見られているような気がして緊張していました。

突然、クラクションを思い切り鳴らされて、びっくりしました。車に乗っている若者たちがゲラゲラ笑っています。ぼくの驚き様を見て自分が笑われたのかと思った瞬間《しゅんかん》、涙が止まらなくなりました。

若者たちの車が走り去ると、ぼくの後ろを見守りながら歩いていた指導員がぼくの背中にそっと手を当てて言いました。

「あれは新井さんを笑っていたんじゃない。別のことで笑っていたんだよ」

それでもぼくは涙が止まりませんでした。どうして悪いことをしているわけでもないのに怯《おび》えながら歩かなければいけないんだろう。どうしてぼくはこんなにビクビクしているんだろう。視覚障がい者になるとずっとこんな思いをしなくてはならないのか、と一気に抱え込んでいた思いが頭の中を駆け巡り、涙を止めることができませんでした。

週末は自宅に帰ることができます。自宅で子どもを抱っこしたり、話をしたりすると元気になります。

目が見えなくなり自宅に引きこもっていた頃、ある人に「毎日、お子さんを抱きしめてあげなさい」と言われました。それからは、今自分にできることはこれくらいしかないなと思い、毎日、三人の子どもたちを抱きしめるようにしていたのです。

父親らしいことを何ひとつしてやれていないという思いから、三人の子どもたちには、なるべく抱きしめることと、お風呂に一緒に入るように努めていました。

久しぶりに自宅に戻り子どもたちを抱き上げると「いつのまにか大きくなったな」と感じました。子どもの顔や表情は見えないけれど、声や話を聞いては「言葉がしっかりしてきたな」などとその成長ぶりに驚き、「この子たちのためにも頑張らなくては」と気持ちを奮い立たせるのです。

月曜日の朝、県リハに戻る時には、必ず家族が付き添って戻らなくてはなりません。妻は仕事があるので、両親のいずれかにぼくの目となって付き添ってもらいます。

「杖《つえ》をしまっておけ」

父の言葉に、白杖《はくじょう》を折《お》り畳《たた》んでカバンにしまいます。

父は息子のぼくが白い杖《つえ》をついて歩くのを近所の人たちに見られたくないんだな。ぼくは父の腕につかまりながら歩き始めました。

実際、白杖《はくじょう》をついて家の近所を歩いていると、遠くで話し声が聞こえる。ぼくの錯覚《さっかく》かもしれませんが、ぼくが近づいていくと、話を途中でやめるように思えることがあります。すると、「自分のことを話しているんじゃないか」と、どうしても自意識過剰《じいしきかじょう》になってしまうのです。何か白い目で見られているのかな、と負い目を感じる自分がいます。

ある時、地元の駅でホームから転落したことがあります。幸《さいわ》い、電車は来なかったのでかすり傷程度でしたが、ぼくは傷の痛みよりも「誰かに見られなかったかな」とひやひやしていました。

自意識過剰《じいしきかじょう》というか…ぼくの心も弱いのです。

施設《しせつ》へ戻る時のぼくは、地に足がついていないというか、足を踏みしめている感じが全くせずに雲の中をふわふわ歩いているような不安感に包まれます。父や母の腕につかまって歩いていきます。人の流れが速いと感じます。自分だけが浮いているように思えてくるのです。

朝の電車はラッシュの時間帯と重なります。混み合った車内、通勤通学の人々がたくさん乗っています。すると、みんな働いているのに自分は何もできずにここにいるという孤立感がじわじわと湧《わ》いてくるのを抑えることができません。

悲しみを喜びに変える

「周囲の人に尋ねながらその場所へ行きなさい」

埼玉県総合リハビリテーションセンターの「援助依頼《えんじょいらい》」という歩行訓練です。ひとりで白杖《はくじょう》をついて目的地まで歩き、教官は後方で見守ります。

「『ジョナサン』はどこにありますか？」

白杖《はくじょう》を手に尋ねると、なかにはそそくさと足音が遠ざかっていったり、無視されたり、「おめえ、どこ見てんだ、目の前にあるじゃないか」とすごまれたりもしました。「こっちですよ」と手を引いて案内してくれる親切な人もいました。

ある時駅の階段を恐る恐る歩いていたら、後ろからドンと突かれたことがあります。モタモタしているのでふざけているのかと思われて「何をやっているんだ」といらついた人がぼくを押したのです。でも前に来たらぼくが白杖《はくじょう》を持っているのが見えたのでしょう。「どうもすみませんでした」と平謝《ひらあやま》りされました。


「今日は訓練でコンビニまで行けたよ。あそこを横断するのが難しかったけどできたよ」

「今度ぼくも行くけど、できるかな？」

「じゃあ、今度コンビニに行って缶コーヒー買ってきてよ」

夜になると、今日の訓練の成果《せいか》を仲間と報告し合います。語り合う同じ境遇《きょうぐう》の仲間がいるのはとても心強いものでした。一緒に訓練を受けている仲間は、性別も、年齢も、社会経験も、もちろん視覚障がいに至る経緯《けいい》も全く異なります。けれども見えないという思いを共有できるのは、ぼくにとっては貴重な時間でした。

点字の訓練とともに、視覚障がい者用の音声読み上げソフトの入ったパソコンでキータッチの練習も行います。全盲《ぜんもう》になる前、ぼくはワープロを使っていました。人差し指一本で打っていたので、キーのポジションは覚えていません。

そのころWindows95®《ウインドウズ》が発売され、日本中にパソコンブームが起こりました。パソコンの普及《ふきゅう》は視覚障がい者の可能性をも広げることになりました。

でも、その時はまだインターネットとはどういうものだかよくわかりませんでした。そして視覚優位のアイコン操作の、マウス操作が発達したWindows《ウインドウズ》95®は、は視覚障がい者にはかえって使うのが難しいとも言われていました。

とはいえ、まずははローマ字入力のブラインドタッチを覚える練習から始めました。パソコンの音声ソフトは、キーを押すと機械が音声で瞬時《しゅんじ》に読み上げてくれます。Ａを押すと「エー」、スペースの変換《へんかん》キーを押せば「あ」と言う。「ＡＩ」を押して変換《へんかん》キーを押せば「愛するの愛」。続けて変換《へんかん》していけば「哀れみの哀、相手の相……」と言ってくれる。すごい…。キーを押すだけで普通の漢字かな混じり文が打てるんだというのは驚きでした。

パソコンを使って漢字が書ける。メールだって打てる。社会との接点《せってん》が持てる。社会とつながっていけるという大きな希望が生まれました。

ＡＤＬ（Activities《アクティビティーズ》 of《オブ》 Daily《デイリー》 Living《リビング》）と呼ばれる日常生活訓練もひと通り受けました。どちらかが視覚障がい者になると、金銭的な事情から離婚する夫婦が多く、そうなるとひとりで自活して生計を立てていかなくてはならないという現実も知りました。調理の訓練では、電磁調理器でカレーを作ったり、いろいろな料理作りにも挑戦します。ぼくは学生時代、東京でひとり暮らしをしておりひと通り自炊《じすい》もできますが、結婚後は家で作るのはせいぜい焼きそばくらいです。そのぼくがここでは、天ぷらも揚げるし、しょうゆ差しにしょうゆを入れることもできるし、包丁《ほうちょう》を使ってリンゴの皮むきもやりました。洗濯も掃除もアイロンがけも、訓練を受けたら難なくやれるようになりました。

体育の時間はストレッチ、フロアバレー（視覚障がい者用に考案された、ボールを転がして行うバレーボール）、水泳など、いろいろなスポーツをやります。

二人乗りのタンデム自転車にも挑戦しました。見えている人が前で運転し、見えない人が後ろに乗ります。前の人を信頼して身体《からだ》を預け、呼吸を合わせてペダルをこぎます。風を切って疾走《しっそう》するスピード感、もう何年も忘れていた感覚です。

目が見えなくなってからは、自分ひとりで歩けない、車の運転もできない、子どもの顔も見えない、できないことばかり数えては悲しんでいました。しかし、今のぼくは点字が読める、白杖《はくじょう》を使えば歩ける、家事やスポーツも、パソコンも、文章も書けるしメールだってできる…！

リハビリを開始して、視覚障がい者であることは変わりませんが、気の持ち方ひとつで悲しみを喜びに転換できることがわかったのです。これは、ぼくにとってとても大きなターニングポイントとなりました。

—もう一度、教師に戻りたい—

その頃、埼玉県立岩槻《いわつき》高校の宮城道雄先生は、「ノーマライゼーション・教育ネットワーク」という障がいのある教師をサポートする市民団体で活動していました。難病《なんびょう》で徐々に衰《おとろ》えていく視力で教壇《きょうだん》に立ち続ける私立高校教師、脳梗塞《のうこうそく》で倒れ、麻痺《まひ》が残りながらも働き続ける小学校教師、人工透析《じんこうとうせき》をしながら授業をする小学校教師、交通事故で車椅子《くるまいす》生活になりながらも、小学校復帰を目指す女性など、さまざまな先生方がいました。障がいが異なるだけではなくて、どんな学校かも、公立か私立かも、抱える課題も皆それぞれ。しかし、何とか教職を続けたいという思いは共通しています。宮城先生に誘われて、ぼくもその会に時々参加するようになっていました。そこでぼくは、障がいや病気を抱えながらも、周囲のサポートに支えられて教職を続けようとするたくましい方たちの存在を知ることに。皆さんに励まされたり、情報を交換したり…。けれども、「全盲《ぜんもう》の身で、知的障がいの養護学校に復職する」というぼくの課題は、他の人に比べ、はるかに高いハードルのようにも思えました。

そんな折、宮城先生から『「全国視覚障害教師の会（JVT）』というものがあり、その集会に一緒に参加しませんか」という誘いがありました。一九九七（平成九）年八月のことです。会場は神戸《こうべ》の六甲山《ろっこうさん》ホテルです。一九九五（平成七）年一月、阪神《はんしん》・淡路大震《あわじだいしん》災《さい》で六千人あまりの尊《とおと》い命が奪《うば》われてから、約二年半、多くの震災《しんさい》の爪あとの残る神戸で行われたのです。

全国で視覚障がいがありながら教壇《きょうだん》に立ち続けるさまざまな学校種の先生方が二十名ほど、そしてその家族の方やボランティアの方々が四十名ほどの集まりでした。

「新井さんもきっと教壇《きょうだん》に立つことができますよ」

ぼくがこの世で一番不幸だと思っていたのも、「井《い》の中の蛙《かわず》、大海《たいかい》を知らず」だったのです。ぼくだけではない。もしかしたら、ぼくももう一度教職に戻れるかも…というかすかな希望の光が見えた時でした。そこに集まった先生方と、震災《しんさい》から立ち上がった、ひたむきでたくましい神戸の姿をダブらせていました。

そんな中、ぼくは小学校で教えているひとりの女性教師と出会いました。

当時彼女は四十代でしたが、子どもの頃から糖尿病《とうにょうびょう》で人工透析《じんこうとうせき》を受けていました。その後、若くして全盲《ぜんもう》となり、また、軽い脳梗塞《のうこうそく》も起こしました。さらには、糖尿病《とうにょうびょう》で両足は膝《ひざ》から下を切断、手の指も何本かを残して切断…。最後は腎不全《じんふぜん》で亡くなられたのですが、死の直前まで彼女は教壇《きょうだん》に立ち子どもたちを教えていたのです。

「わたしは死ぬまで教壇《きょうだん》に立ちたいのです」

生前、彼女はぼくに会うたびに言っていました。

たとえ身体《からだ》に重い障がいがあっても、いや、あるからこそ、子どもたちに伝えられるものがわたしにはあるはずと、壮絶《そうぜつ》な姿を、生き方を子どもたちに見せ、最後の最後まで子どもたちの教育に情熱を注ぎました。

ぼくは今でも彼女が亡くなる前に、ぼくに話してくれたことを覚えています。脳梗塞《のうこうそく》による麻痺《まひ》で出にくい言葉を必死にふり絞りながらぼくに話しかけます。

「新井さんは見えないだけで身体《からだ》は健康でしょ。わたしは全盲《ぜんもう》で脳梗塞《のうこうそく》で、ダブル、トリプルの障がいよ。でも心は元気なの。この命の続く限り挑戦し続けるわ」

教師という仕事が心から好きで、子どもが好きで、全てを教職に捧げた人生。常に「自分には何ができるか」を考え努力し続けていた。ひとりの女性として、人間として、その力の限り生きぬいた姿は同じ教職に就《つ》くものとして強く心を打たれます。

今でもぼくは苦しい時つらい時、彼女だったらどうするだろうと考えます。こんな弱気だと彼女に叱《しか》られるな、などと思います。

ぼくは、まだまだ努力しなくては。できるならもう一度、教職に戻りたいと考えるようになりました。こんなぼくにもきっと子どもたちに何か教えられることがあるはずだ…。

盲導犬クロード

当時、一番のぼくの目標は、とにかく自分ひとりで自由に歩けるようになりたいというものでした。家の門から道路の白線を頼りに外へ出て、家に戻れなくなって愕然《がくぜん》としたあの日以来、白杖《はくじょう》の歩行訓練で大きなクラクションに驚き、涙が止まらなかったあの日以来、胸を張って風を切って歩きたい、と。どうすればそれができるようになりますかと、国立リハビリテーションセンターの職員に相談すると、「新井さんには、盲導犬がいいでしょう」と勧められました。

なぜ白杖《はくじょう》ではなく盲導犬なのか。都会なら白杖《はくじょう》一本で歩いていて道に迷っても、歩いている人をつかまえて尋ねれば、何とか目的地に着くことができる。でも、ぼくが住んでいる周辺は田舎《いなか》で、尋ねたくても周囲に人がいない場合が多いのです。それが盲導犬を勧められた理由でした。

そこで、日本で最初の盲導犬を誕生させたというアイメイト協会に、埼玉県の福祉《ふくし》事務所を通じて盲導犬の申し込みをしました。

一年後。県リハに入所して十ヵ月目、ようやく念願《ねんがん》の盲導犬との出会いの日が訪れたのです。

県リハを卒業し、ついに「もう一度、教師への復職を目指す」と決意したぼくは、今度は盲導犬との歩行指導を受けるため、東京の練馬《ねりま》区にあるアイメイト協会の訓練所に向かいました。

ここで合宿をしながら一ヵ月の盲導犬との訓練が始まるのです。

初日、視覚障がい者の性格や歩行状態を教官が観察し、その人に合った盲導犬が選ばれます。翌日はいよいよ、盲導犬との対面です。

視覚障がい者が盲導犬と出会うセレモニーを、ここでは「結婚式」と呼びます。一緒に訓練を受ける人々にそれぞれ盲導犬が引き渡されます。

「これが新井さんの盲導犬のクロードです。さあ、名前を呼んで、頭をなでてあげてください！」

クロードは二歳半のラブラドール・レトリーバーのオス。名前を呼んで頭をなでてやると、クロードはもう大変な喜びようで、ぼくに擦《す》り寄ってきました。なんて人なつっこいんだろう。それに思ったより大きいな。初対面の人間なのにこんなになつくのか。可愛《かわい》いなあ。

翌日からぼくとクロードとの本格的な訓練が始まりました。基本的な服従《ふくじゅう》訓練（命令の仕方）を行い、教官の指導で一緒に歩く練習をします。

最初にクロードと歩いた時、あまりの速さに驚きました。えっ、と驚いて腰が引けるくらい速いのです。教官が後方から見守っていますが、何かにぶつかるんじゃないかと思って怖い。なかなかクロードとの息が合いません。

「新井さん、もっとクロードを信頼して、しっかりついていって！」

と後ろから声が飛びます。

「それじゃだめですよ！」

「新井さん。そこで叱《しか》って！」

教官の指導は想像以上に厳しい。頭が混乱するくらい、いろんな注意が次々と飛んできます。

盲導犬が指示に従わない時には、強い口調で「ノー」と言いながら、チョーク（引き綱を引っ張りピシッと首に刺激を与える）をして思い切り叱《しか》らなくてはなりません。ぼくはクロードがかわいそうで、どうしても思い切り叱《しか》ることができません。でも、叱《しか》れないと、教官に怒られてしまいます。ダメな時はダメ、と盲導犬に教えられなくては、盲導犬を使えるようにはなれません。盲導犬をコントロールし、意思《いし》の疎通《そつう》ができなければ安全に歩くことができない。視覚障がい者にとっては生命《いのち》に関わる問題です。そのための厳しい訓練、一日が終わるとぐったりしてしまいます。

訓練期間中は一週間ごとにテストがあります。段差や障害物をうまくよけることができるか、電車やバスに乗車することができるか、盲導犬に的確な指示を出すことができるか、歩道橋や横断歩道を渡れるか、盲導犬の健康状態を把握《はあく》しきちんと面倒を見ることができるかなど、訓練の成果が一つひとつ身についているかどうか試されます。

この間ぼくとクロードは二十四時間ずっと一緒に過ごします。そうすることでお互い自然と愛情が湧《わ》くのです。ぼくはクロードに毎日話しかけ、遊んでやり、按摩《あんま》もしてやりました。

三週間目になると、クロードも安心してきたのか、ぼくを受け入れるようになり、魔法が解けるように裸《はだか》の心を見せるようになりました。クロードは最初の印象よりずっと甘えん坊で、ぼくに甘噛《あまが》みもしてくるようになりました。

そんな風にして、ぼくもクロードの歩く速さにも慣れ、安心して身を委《ゆだ》ねられるようになったのは、もう四週間目に入ったあたりからのことでした。

最後の難関は、東京・銀座《ぎんざ》の目抜き通りで行われる卒業試験です。前日、四週間分の汚れを落とすように、ぼくはクロードの体を丁寧にシャンプーしてやりました。

ぼくもよそいきの格好をして、緊張しながら、仲間や教官たちと一緒に電車に乗り、協会のある練馬から銀座へと向かいます。

卒業試験は、視覚障がい者と盲導犬があらかじめ決められたコースをいかに歩き通せるかが審査《しんさ》されます。

いよいよ銀座四丁目交差点の和光《わこう》の前からスタートです。ぼくもクロードと銀座の街を歩きます。目が見えていた頃に行った銀座の街が記憶の中で鮮やかに蘇《よみがえ》ります。久しぶりの都市の喧騒《けんそう》です。こんな風に、また街を自由に歩ける日がくるなんて、夢のようです。そしてぼくにはクロードという相棒《あいぼう》がついているのです。京橋《きょうばし》を通過して、日本橋三越《にほんばしみつこし》前《まえ》でゴール！

「おめでとう新井さん、合格です」

教官の手が伸びてきて、ぼくと固い握手を交《か》わしました。ぼくはクロードの頭を何度もなでてやりました。クロードはうれしそうにぼくに体を擦《す》り寄せて尻尾《しっぽ》をぶんぶん振っています。

その後インドカレーの店に行き、みんなでお祝いの食事をしました。銀座での卒業試験とカレーの祝賀会は、アイメイト協会の恒例行事《こうれいぎょうじ》です。

クロードとの一ヵ月の訓練期間が無事に終わりアイメイト協会で卒業式が行われました。

「さあ、これからみなさん盲導犬と一緒に御自宅に帰ってください」

いよいよぼくはクロードとともに、ここ練馬から自宅のある秩父《ちちぶ》まで帰ります。これからは、クロードと一緒に歩いていくんだと思うと、胸がドキドキしました。

三時間後、ぼくはクロードとともに、無事に自宅に帰りつきました。失明してから初めて、ぼくは誰の付き添いもなしに帰ってきたのです。

ぼくとクロードを見ると、家族は拍手で迎えてくれました。子どもたちは可愛《かわい》い新しい家族の一員の登場に大喜びです。

「ぼくの家の犬は鼻が赤いんだね！」

長男はクロードの赤い鼻が気に入ったようです。気がつくと、子どもたちはクロードを枕にして昼寝を始めていました。

相棒《あいぼう》

ぼくが盲導犬を連れて帰ってきた時、これからここで生活していくために、まず何をやろうかと考えました。

ぼくの住む秩父《ちちぶ》地区では、盲導犬はクロード一頭だけでした。（二〇〇九年三月現在も、現パートナー、マーリン一頭のみ）そこでぼくは、この町に住む子どもたちに盲導犬のことを理解してもらいたいと思いました。

まず、娘たちが通う小学校で話をすることにしました。長女は五年生、次女は三年生で、そろそろ思春期にさしかかろうという年齢。父親が視覚障がい者で盲導犬がいるという事実を自然なこととして受け止めてもらえたらと思ったのです。

ぼくは小学校の体育館で、クロードと一緒に、生まれて初めての小さな講演会を行いました。目が見えなくなって盲導犬と一緒に生活をしていること、盲導犬とはどんな犬なのか、などの話をしました。「すごいなあ」「頭がいいワンちゃんなんだね」子どもたちはクロードにすっかり心を奪われた様子です。

その日から、近所の子どもや、娘たちの同級生など、みんなぼくを見かけると挨拶《あいさつ》をしてくれるようになりました。クロードが横断歩道で立ち止まって左右を見ていると「すげえ、左右を確認している」と子どもたちは親しみの声を上げます。

そして、クロードと暮らすようになったぼくに、新しい日課ができました。長男の啓介が幼稚園《ようちえん》のバスに乗る時に、送り迎えをするようになりました。送り迎えといっても、家のすぐ目の前なのですが、ついこの間までのぼくには想像もできないようなことでした。啓介はうれしそうにぼくと手をつなぎます。右手は啓介と、左手はクロードのハーネスとつながっています。

ぼくが啓介を送り迎えするようになって、一番喜んだのは妻でした。右目に網膜剥離《もうまくはくり》を発症してからの約九年間、ぼくが絶望の時も、持ち前の明るさと強さ、時には厳しい言葉でぼくを励ましながらずっと支え続けてくれた妻。彼女にとってもこの間《かん》はつらくて苦しいものだったはずです。暗くて長いトンネルを抜けて、ようやく自分の足で歩き始めたぼくを見て妻は心から喜んでくれました。

クロードと生活をともにするようになると、とってもやんちゃな性格だということがわかってきました。仕事はしっかりやりますが、時々、自分が盲導犬であることを忘れて散歩の犬に吠《ほ》えられると向かっていこうとします。猫が来れば、そっちへ行こうとする。その人にもすぐ吠《ほ》えます。かと思うと、鼻声を出して甘えてきたり…。

しかし、仕事中に吠《ほ》えたり声を出して甘えてくるのは盲導犬にあるまじき行為です。どんなに叱《しか》っても、チョークしても、クロードはまったくめげません。とにかく元気で、ちょっとお調子者のところがあって、愛嬌《あいきょう》たっぷりで、どうにも憎めないのです。

平気で拾い食いしてしまう癖があり、それをずいぶん叱《しか》りました。変なものを食べてお腹《なか》を壊したり体調を崩してしまったら大変ですから。

クロードはポカリスエットが大好きでした。夏の暑い日のこと、一度、水道がなかった時に、自動販売機でポカリスエットを買って与えたのが始まりでした。クロードはすっかり気に入ってしまい、それからはポカリスエットでなくては飲まないようになってしまったのです。そのままでは犬には甘いので、粉を買ってきて、通常より三倍くらい水で薄めて作り、出かける時は五百㎖のペットボトルをリュックに入れて持ち歩いていました。

あまりにもやんちゃなので、アイメイト協会にも相談すると、教官が家に来てくれました。「今のタイミングで叱《しか》ってください」といった指導を受けたこともありました。

これがまた、教官が来ると、クロードは叱《しか》られるようなことを一切やらないのです。なんて賢くてちゃっかりしてるんだろう、おすましているクロードを前に、ぼくも教官も苦笑するだけでした。

　盲導犬というのはビシッと管理されてそこからはみ出ない犬ばかりかと思っていましたが、クロードはこれが本当に盲導犬なのかというぐらい、何とも人間っぽいのです。その人間くささや人なつっこい性格で、みんなに愛されるのです。できの悪い子ほど可愛《かわい》いとはまさにこのことでした。


　ぼくは全盲《ぜんもう》になってから、どこか世間体《せけんてい》を気にして、また人さまに迷惑をかけるのではと、あれこれと気を揉《も》んでいるようなところがありました。自分の中に偏見《へんけん》や差別の目があったのです。その偏見《へんけん》や差別の対象に自分がなることがとても怖かったのです。

　そんなぼくの中の偏見《へんけん》や差別を取り去ってくれたのは盲導犬のクロードでした。白杖《はくじょう》は隠すことができるけれど、盲導犬はどうやっても隠すことはできません。障がいを受け入れて堂々と胸を張って強く生きていこう、盲導犬のクロードとともに…。そう思ったのです。

　クロードのおかげでぼくは自信を持って歩けるようになりました。クロードはぼくの心の支えでもあり、社会とのバリアを乗り越えさせてくれます。

　クロードと一緒にいると、さまざまな人が声をかけてきます。ともすれば孤立しがちなぼくを救ってくれているのです。

電車に乗ると、隣で誰かが話しかけてきて、クロードをほめたり、自分の家のペットの話をされたりします。クロードを通じて何気ない会話が生まれる。勇気づけられることも少なくありません。盲導犬が一緒で良かったな、と思います。

もうぼくはひとりじゃない。白杖《はくじょう》には話しかけられないけど、クロードには話しかけられる。心が通じ合え共感できる相棒《あいぼう》がいるということは何と素晴らしいのだろう！

「さあ、出かけよう！　クロード！」

第4章

光抱く子らとともに

—坂道—

国と県の二つのリハビリテーションセンターで日常生活・点字・歩行・パソコンの訓練を受けたぼくは、教職への復帰を目指し、今後のリハビリは職場で実践《じっせん》したいと県に希望を伝えていました。そして、宮城道雄先生をはじめとするノーマライゼーション・教育ネットワークの支援《しえん》を受けて、埼玉県教育委員会との粘《ねば》り強い話し合いが始まりました。

しかし、ぼくのような視覚障がい者が教職に戻ることは難しい、前例がない、周囲の教職員や生徒にも負担が大きい…との意見が大多数で、ぼくも復職への道は絶望的であるとさえ感じていました。

同時に、教員が志半《こころざしなか》ばにして障がいを持った時、周囲の理解を得ることができれば教員に復職することができるのでは…、障がいを持ったからこそ、子どもたちに教えられることがあるのでは…。前例がないなら、そこに挑《いど》んでみたいとかすかな希望を抱いていました。

とはいえこちらの理想や希望ばかり述べても始まりません。できれば復職訓練という形で、実際の教育現場でもう一度教員として働くことができるのか、現場の教職員や生徒に確かめてもらいたい。ぼく自身もどのようにすれば教員の仕事をこなせるか確かめたい。そのチャンスが欲しい、そうずっと働きかけてきました。

一九九八（平成十）年四月、ついにその希望が認められ、三年前、休職するまで働いていた県立秩父《ちちぶ》養護学校で復職訓練を行うことになったのです。

ただし、「通勤の往復の際は必ず安全のため家族が付き添うこと」との条件付きです。ぼくは正規《せいき》の教員ではなく休職中の身分のため、通勤途中で交通事故などに遭遇《そうぐう》したら学校も保障ができないというのがその理由です。

付き添いといっても妻は中学教師の仕事があり、家族といえば両親しかいません。やむをえず、七十歳近いぼくの父親を引っ張り出して学校の往復に付き添ってもらいました。

養護学校は小高い丘の上にあり、駅から三十分ほどの坂道です。

行きは急な上り坂で、ぼくとクロードの歩く速度に父親はついてこられません。後ろから「ハアハア」と苦しそうな父の息づかいが聞こえてきます。心臓破りとも言われるこの坂道はかなりきつい勾配《こうばい》なのです。クロードとぼくでさえもようやく上れる坂は、老いた父には過酷《かこく》なのです。

ぼくは自分の目的を果たすために年老いた父親に苦労をかけてまで、一体何をしようとしているのか。「もういいよ、やめて帰ろう」と何度も口まで出かかりました。

駅から学校までの坂道を歩く人は皆無《かいむ》で、歩いているのはぼくたちだけです。

生徒は通学にスクールバスを利用しています。教職員はスクールバスを利用することはできない決まりなので、自分の車で通勤しています。

学校に着いても、父親の一日はこれで終わりません。ぼくの仕事が終わるまで一日中校内で待ち、夕暮れの坂道を父とぼくとクロードでゆっくりと歩いて帰ります。

父は復職に向かって訓練している息子の姿がよほどうれしかったのか、文句ひとつ言いません。

思えば、あの坂道はぼくの人生の象徴《しょうちょう》でした。坂道を転げ落ちるようにどん底まで落ち、そこからがんばって上りきり、教師になる道を求めるか。あるいは全てをあきらめ、譲り、断念するか。ぼくにとってはその決断の坂道であり、分岐点《ぶんきてん》でした。

今も思い出します。クロードに導かれ、父親に見守られながら上ったつづら折りの坂道のことを…。

―人の温かさに支えられて―

「新井先生、よく帰ってきてくれたね」

養護学校では、生徒の保護者が抱きついて泣きながらぼくを迎えてくれました。

重度の知的障がいを持つ生徒も、ぼくの顔を覚えていてくれました。ぼくの姿が見えない、視覚障がいのある生徒もぼくのことを覚えていて、手をとって喜んでくれます。ぼくのことが全くわからなくて、「誰だっけ?」と話す生徒もいます。また、ぼくのことがわかっていても言葉にできない生徒は、ぼくの体に触って、「うんうん」とうれしそうにうなずいてくれます。

養護学校の生徒たちの素直で素朴《そぼく》な反応に接すると温かい気持ちになります。

校内では、盲導犬も白杖《はくじょう》も使わずに手探りで移動します。ここは養護学校です。盲導犬は知的障がいのある生徒が怖がったり触ってしまう可能性がある。白杖《はくじょう》は飛《と》び跳《は》ねたり走り回っている生徒にぶつかって足をひっかけたりするかもしれないと思い、自分のほうから遠慮しました。

その頃、秩父《ちちぶ》養護学校では知的障がい児だけでなく肢体不自由児《したいふじゆうじ》も受け入れることになり、校舎の大規模な改築工事を行っていました。かつて目が見えていた頃の校舎とは違うため、手探りでの移動はおっかなびっくり、つまずいたりぶつかったりしながら位置や場所を覚えていきました。

復職訓練は他の先生の授業に補助として入ることが多く、毎回必ず管理職の先生がぼくがどのように指導しているかをチェックします。

「ここで成果《せいか》を出せば、復職できるかもしれない」

視力がまだあったころのようにスムーズにはいかず気持ちも焦ります。久しぶりに生徒たちと触れあい、教職の喜びを感じ、何とか復職を認めてもらいたいと必死でした。

一学期は月に八日《ようか》程度の出勤と決められており、学校に行ける日は限られていました。学校に行かない日は、自宅で養護学校の生徒たちに読み聞かせる絵本などを点訳して教材を作ったり、ボランティアの方に自宅まで来ていただき、教材や本や新聞などを読んでもらったりしました。

ボランティアの人を探すために、ぼくは自らパソコンでチラシを作り、駅や知り合いのお店などにチラシを貼《は》ってもらうようお願いにいきました。

ぼくの両親は、「ボランティア（無償《むしょう》）で人に来てもらおうなんて図々しいのでは…」とぼくを止めました。でも、ぼくは「恥ずかしさや変なプライドは捨てて、頭を下げて人の厚意《こうい》に甘えて助けてもらってでも、必ず教職への復帰を果たし、社会にお返しできるような人間になろう」と決めていたのです。

「朗読《ろうどく》ボランティアの方を探しています」

というチラシを見て、高校生、主婦、定年退職した男性など、さまざまな経歴を持つ人たちが集まってくれました。

阪神《はんしん》・淡路大震災《あわじだいしんさい》で被災された経験を持つ元中学教師は、「自分にできることはなんでもお手伝いしたいのです」と。どの人たちも心に余裕があり、志《こころざし》や温かい優しさ、人間的な魅力がある方ばかりです。

養護学校へは週に二日《ふつか》程度の出勤です。でも、それだけではなかなか仕事の勘《かん》を取り戻すことはできず、じゅうぶんな復職訓練になりません。ぼくは何とか毎日出勤を認めてほしいと県に働きかけ、二学期からは毎日出勤させてもらえることになりました。

復職訓練中につき、ぼくは担任を持たずに、養護・訓練（現在は自立活動と改称）という部門を専門で担当することになりました。養護・訓練とは、普通の教科学習とは別に、養護学校・盲《もう》学校・ろう学校で行われている特別な授業です。その時間、生徒個々の状態や状況に合わせて、障がいの状態を改善するための言葉や身体《からだ》のリハビリを行います。

養護・訓練はマンツーマンが基本ですが、目が見えないぼくはひとりで教えるのが困難なため、他の教員とペアを組む必要があります。でも他の教員は担任も持っており、ぼくと組むといっそう負担が増えることが予想されます。「あなたと組む人はいないと思う」と上司も気の毒そうに言います。もし一緒に組んでくれる先生がいなければ、ぼくの教師としての適性を判断してもらうことができません。やはり視覚障がい者でありながら教師をするのは無理なのか…、ぼくは自信を失いかけていました。


「新井さん、おれが一緒にやるよ」

そう名乗り出てくれたのは、養護学校の奥村洋《おくむらひろし》先生です。

その言葉を聞いたとき、「もしかして教員に復職できるのでは」とうれしくなりました。

養護学校の生徒は一人ひとりの障がいの重さが異なるため、個々の生徒に合わせたプログラムを組みます。また、目の見えないぼくが子どもたちを指導できるように、さまざまな工夫をしました。

言葉がうまく話せない生徒には絵カードと絵本の読み聞かせで言葉を引き出します。カードの裏に点字を貼《は》ればぼくにも教えることができます。パソコンでひらがな入力ができる知的障がいの生徒には、パソコンに音声ソフトを入れれば、ぼくとしりとりをすることができます。絵を描く生徒は、ぼくは絵が確認できないので、奥村先生に見てもらいます。

突然パニックになったり、おもらしをする生徒もいます。そんな時、ぼくには何が起こったのか即座には状況が把握《はあく》できません。生徒はぼくが目が見えないことを理解できない子が大半《たいはん》です。奥村先生に助けを求めると、すぐに気づいてその子の世話をしてくれます。その間、ぼくは他の生徒の指導をします。

生徒が少しずつできなかったことができるようになる。少しずつ、教師としての喜びが再び湧《わ》き起こってきます。奥村先生と二人三脚で、どうすれば生徒のために最良の指導ができるか話し合い、工夫を重ねました。

奥村先生は元々中学校の体育教師でした。奥村先生が中学校の時に足の不自由な教師がおり、その時の経験から、学校に障がいを持った先生がいることは教育上好ましく生徒のために大きな意味があるという考えを持っていました。教師をやりながらボランティア活動で障がい児と関わるうちに障がい児教育を志《こころざ》し、養護学校の教師になったのです。

白杖《はくじょう》も盲導犬も使わないため、ぼくは手探りで廊下を歩いていきます。奥村先生はぼくの後ろでそっと見守ります。

ある日、奥村先生が一冊の絵本をぼくに渡しました。点字で打った文章に誤りがないか確認してほしいというのです。実はひそかに奥村先生は地元の点訳グループに入って勉強をしていました。奥村先生はその後、点字を使ってぼくの手助けもしてくれました。決して恩に着せるわけではないさりげない心遣《こころづか》いで「この点字、ちょっとやってみたんだけどさ」とぼくをサポートしてくれる奥村先生の優しさが胸にしみました。同時に「ぼくも養護学校でやっていけるのでは」と感じた瞬間《しゅんかん》でした。

障がいのある子どもたちとともに

翌年、ぼくは養護学校に念願《ねんがん》の復職を果たしました。

雨の日も風の日も父に見守られながら上った学校までの坂道。これからは家族の付き添いなしに、クロードとぼくひとりで通います。

教師の喜びは、教えるばかりではなく、生徒たちから教わることにあります。養護学校で出会った中学生の双子の姉妹《しまい》は素直で感性が豊かでした。姉妹《しまい》は生まれた時から全身の筋肉が衰《おとろ》えていく難病《なんびょう》と闘《たたか》っていました。生まれてからこれまできっと一度も自分の足で歩いたことはないのでしょう。双子であるからか、ひとりが具合が悪くなると不思議ともうひとりも具合が悪くなります。同時に、同じ言葉を発したりします。「姉《し》妹《まい》で一緒だから心強い。喜怒哀楽《きどあいらく》を共有できる」と励まし合いながら生きています。

姉妹《しまい》は詩が好きなので、ぼくは国語の授業で金子《かねこ》みすずの詩『わたしと小鳥とすずと』を読んであげました。特に最後の一行、「みんなちがって、みんないい」に心を込めて。姉妹《しまい》はとても喜んで、二人で描いた絵に詩を書いて添えてくれました。

外で遊ぶことのできない姉妹《しまい》にとって、絵を描くことは大きな楽しみです。長時間、車椅子《くるまいす》に座っていることができないため、限られた時間で懸命に描きます。スポーツをしたり、踊ったり、ピクニックに出かけたり…と、楽しい絵を描いては、「わたしたちは体を動かすことができないけど、絵の中では自由に何でもすることができるの」とぼくに微笑《ほほえ》みます。

姉妹《しまい》は、ぼくが以前勤めていた中学校の近くに住んでいました。中学校の子どもたちがグラウンドを駆け回る声を耳にしながらも、これまで一度も足を踏み入れたことがありません。ある中学校で講演を頼まれた時、姉妹《しまい》を連れて行きました。移動には介助《かいじょ》ベッドに横たわったまま、生まれて初めて理科室や音楽室を見てとてもうれしそうです。

「わたしたちはこれまで一度も歩いたことはありません。でも、かわいそうだと思わないで」

姉妹《しまい》は、中学校の生徒の前で話しました。その姿が生徒たちの心を打ち、その後も姉妹《しまい》と中学校との交流は続いています。

ぼくが姉妹《しまい》に励まされたのは、たくましく生きる姿でした。深刻《しんこく》な病気を跳《は》ね返《かえ》すように明るく、二人の側にいるだけで、勇気と生きる力を与えられました。

厳しい病気と闘《たたか》いながら、純真さを失わずにいる二人に接すると、彼女たちのために何かをしてあげたいと思わずにはいられません。

人間は、一生懸命生きているというその姿だけでも誰かの力になれる存在なのだ。決して生きることに絶望してはいけない。

姉妹《しまい》との出会いはぼくに多くのことを教えてくれました。

障がいを持つ生徒たちと接するうちに、ぼくは教科を教えるだけでなく、生徒や保護者の相談者としても力になりたいと思うようになりました。希望を伝えると、二〇〇〇（平成十二）年四月、埼玉県から一年間の長期研修に派遣《はけん》されることになりました。研究テーマは「障害児教育におけるカウンセリングと情報機器の活用」です。

まず筑波《つくば》大学大学院の夜間社会人大学院でカウンセリングや心理学を学びました。その後、八王子《はちおうじ》のヒューマンケア協会で二十四時間介助《かいじょ》の障がい者とともにピア・カウンセリングの長期研修にも参加しました。

ピア・カウンセリングのピアとは「仲間」という意味で、障がい者同士のグループや患者会の自助《じじょ》グループなど同じ境遇《きょうぐう》にある仲間同士でしか理解しえないことを語り合うカウンセリングのことです。精神的な支援《しえん》と、自立するために必要な情報提供の両方を行い、地域社会の中での生活の自立を実現する手助けをする、実践的《じっせんてき》なカウンセリングの方法を学びました。

また、障がい者にとって今や欠かせないインターネットをはじめとする情報ツールの活用方法について、具体的に生徒たちに指導できるように研修を受けました。

障がい者関連の学校や福祉施設《ふくししせつ》なども見学し、地域で自立した生活を送っている多くの障がい者と触れあい、現場の生の声を聞くことができました。

そしてついに、翌年四月からは再び、県立秩父《ちちぶ》養護学校の勤務に戻ることができました。ぼくは肢体不自由部《したいふじゆうぶ》の高等部で国語を教えると同時に担任も持つことに。研修で学んだピア・カウンセリングを生かし、生徒一人ひとりにとっての「自立」とは何かを考えながら授業を行いました。

ぼくが教える養護学校の高等部に普通高校の二年生から編入してきた、ある男子生徒がいました。

脳性麻痺《のうせいまひ》で不随意《ふずいい》運動（意思《いし》に基づかない不合理な運動のこと）が起こってしまう。話をする時にも麻痺《まひ》が入ることから、いじめられて不登校に。人に勧められ避難するようにこの養護学校に転入してきたのです。

確かに、麻痺《まひ》はあるが普通に勉強はできる。この子を何とかしてあげたい、とぼくは思いました。

夢は「保育園で働くこと。障がいを持っているが、健常者《けんじょうしゃ》の中で働きたい」のだと言います。ただ、保育園で正式採用されるためには試験があり、ピアノや絵や歌を実技でこなさなくてはならない。彼は麻痺《まひ》のためにピアノが弾けない。それでも、保育園で働きたいという彼の熱意に動かされ、さまざまな方が力を貸してくださり、卒業後はパート職員として保育園で働けることになりました。

障がい者であっても、いずれは養護学校を卒業し社会に巣立っていかなくてはいけないし、障がい者が社会に出て働くためには健常者《けんじょうしゃ》の中で自分の存在を認めてくれる協力者を得なければならないのです。

「健常者《けんじょうしゃ》の中で働くことは生半可《なまはんか》な覚悟ではできない。でも、働きたいという強い意志《いし》を持ちひたむきであれば、必ず道は開け、誰かが助けてくれる」

「がんばれ」と心の中で声援を送りながら、ぼくは祈るような気持ちでその生徒にそう話していました。

盲《もう》学校への長い道のり

二〇〇四（平成十六）年四月、ぼくは川越《かわごえ》市の埼玉県立盲《もう》学校に異動となりました。自宅から盲《もう》学校までは、通勤時間は片道約二時間半かかります。毎朝六時にクロードとともに自宅のある皆野《みなの》駅を出発します。秩父《ちちぶ》鉄道、ＪＲ八高《はちこう》線と乗り継ぎ、盲《もう》学校のある笠幡《かさはた》駅を目指します。

長い通勤時間、ぼくはもっぱら読書タイムに当てています。読書をする時は、点字図書か、録音図書といってCDやインターネットからダウンロードしたものをICレコーダーに入れて聞きます。

難点は、眠くなること。行きには乗り過ごしたことはありませんが、帰りは時々ありました。

特に、冬場の車内はかなり暖房がきいているので、うっかりするとついうとうとと居眠りを始めてしまいます。昔は電車で居眠りすることはあまりなかったのですが、失明してからは全神経を集中するので疲れやすくなったように思います。顔なじみの乗客が見かねて起こしてくれたことも一度や二度ではありません。

ぼくの場合、通勤の読書タイムには、どうしてもミステリーや軽い読み物が多くなります。あまり難しい内容だと、本当に寝入ってしまうので、テンポよく気軽に聞けて面白いものを選びます。大沢在昌《おおさわありまさ》の『新宿鮫《しんじゅくざめ》シリーズ』、奥田英朗《おくだひでお》の『空中ブランコ』『家日和《いえびより》』、東野圭吾《ひがしのけいご》の『流星《りゅうせい》の絆《きずな》』『容疑者《ようぎしゃ》X《エックス》の献身《けんしん》』、横山秀夫《よこやまひでお》の『クライマーズ・ハイ』、宮部《みやべ》みゆき『模倣犯《もほうはん》 The《ザ》 COPY《コピー》 CAT《キャット》』、石田衣良《いしだいら》『4 TEEN《フォーティーン》』などの作品を読んでいます。新刊で録音図書になるのはベストセラーが中心で、刊行してからだいたい一年くらい後になるものが多いです。

通勤で苦労するのは、階段です。ぼくの使っている駅にはエレベーターやエスカレーターはありません。

ただ、盲導犬は訓練されているので、階段があると止まって知らせてくれます。最初の一段で止まって、踊り場のところでも止まって知らせます。

学校のある笠幡《かさはた》駅に着くと、徒歩で約二十分の距離を歩きます。怖いのは、歩道を歩いている時、後ろから自転車が疾走《しっそう》してくることです。狭い歩道を猛スピードで走りぬける自転車は、さしもの盲導犬もよけることはできません。自転車のハンドルがぼくの体にぶつかってアザになることもしょっちゅうで危険極まりない。視覚障がい者が音だけで自転車をよけるのは難しく、非常に怖く感じます。ぶつかった時、謝《あやま》る人もいれば、謝《あやま》ろうとして慌《あわ》てて停まって転んでしまう人、謝《あやま》らずに行ってしまう人もいます。幸《さいわ》いにして大きなケガはありませんでしたが、ぶつかってどちらかが車道に倒れでもしたら、間違いなく車にひかれていただろうというようなことはしばしばありました。

また、路上駐車の車のミラーにぶつかってメガネを割ったり、おでこに傷をつくったことも何度かあります。盲導犬は、使用者の頭の高さまで安全確認をしてくれますが、後ろから自転車が来て、前に路上駐車の車があって、という混乱した状況ではさすがに対処しきれません。

学校へ通勤する道で一度だけぼくとクロードはひどく叱《しか》られたことがあります。寄《よ》る年《とし》波《なみ》には勝てず、クロードはいつも道路の同じ場所でもよおしてしまうようになったのです。もしかしてぼくも、クロードの排泄物《はいせつぶつ》を取り残したまま、それに気づかずに行ってしまったこともあったことでしょう。それを近くの人が見ていたらしく、ある朝、待ち構えていてひどく叱《しか》られました。

「見えないからかわいそうだと思って、こっちも我慢しているんだ」

申し訳ない気持ちと悔《くや》しい気持ちが入り混ざった感情で、ぼくの頭の中はグチャグチャでした。でも言い返せません。盲導犬の排泄物《はいせつぶつ》の処理は使用者であるぼくの役目です。取り残しのないようにビニール袋を手にはめて処理するのですが、目で見て確かめることはできません。取り残しをしたり、心のどこかに盲導犬だからという甘えがなかったとは言えません。でも、そんなに怒鳴《どな》らなくてもいいじゃないか、というくらい怒鳴《どな》られました。

盲《もう》学校へは電車での通勤時間も長く、駅から学校への道も危険が多いので、クロードにもハードな仕事だったことでしょう。雨の日はクロードは小さなカッパを着て、炎天下《えんてんか》の夏は熱いアスファルトの上を歩き、冬は霜のおりる道を歩きます。交通量の多い道、自転車が飛び出してくる道など、ぼくもクロードも神経をすり減らします。このことがあってから、クロードの引退を考えるようになりました。盲導犬はどんなにつらくても責任感が強いので仕事を投げ出すことは決してありません。いや、ないはずだったのですが…。

一クロードの家出一

エピソードには事欠かない盲導犬クロードですが、なかでも心配したのは「家出癖」でした。ちょっと油断すると、すっとどこかへ行ってしまうのです。前代未聞《ぜんだいみもん》、盲導犬らしからぬ盲導犬です。

クロードが我が家に来て一年ほどが過ぎたある日、夜の九時頃、おしっこをさせるためにクロードを外に出しました。その時、ちょっとリードを外したすきに、プイッといなくなってしまったのです。

「クロード！　クロード！」

どんなに呼んでも、帰ってきません。大変だ、一体どこへ行ってしまったんだろう。車にひかれでもしたらどうしよう。心配で悪い想像ばかりふくらみます。

子どもたちも年老いた両親もぼくたち夫婦も、家族全員で懐中電灯を手に町中を捜しまわりました。もう、へとへとになるくらい捜しました。疲れ果てて最後は、もうこれほど捜したんだからしょうがない、とあきらめて家に戻りました。

「どうしてクロードはいなくなっちゃったの？」

子どもたちは泣いています。

明け方の四時、妻が廊下でクロードを見つけました。ぼくの部屋の前で申し訳なさそうに座ってじっとしているのです。

ぼくはクロードを抱きしめて、ケガでもしていないかと全身を触って確かめます。ふと、お腹《なか》に手をやると、なぜかパンパンにふくれています。このへんは田舎《いなか》で飲食店もあまりないので食べ物が落ちているわけもありません。きっと、お腹《なか》が空《す》いて、畑の野菜でも食べたのかもしれません。

クロードはいつもの元気がなく、叱《しか》られると思ったのか、じっとしたまま黙っています。こちらも怒るに怒れません。もしぼくが怒ったら、クロードは「やっぱり帰ってこなければ良かった」と思うでしょう。心の中では、「このやろう心配したぞ」と腹を立てていましたが、「よく帰ってきたね」と抱きしめて、頭をなでてやりました。

それからもクロードは年に一度ぐらいは、息抜きでもするみたいにふらっと「家出」を繰り返しました。ちょっと油断したすきにふっといなくなる。毎回心配して家族みんなで捜しに行きます。元気な姿を見るまでは心配で、心配でたまりません。

そして、明け方になるといつのまにか帰っていて、いつもながら申し訳なさそうにぼくの部屋の前にちょこんと座っています。そしてやはりお腹《なか》はパンパンにふくらんでいます。

クロードはどうして家出なんかしたのだろう？　真相は今も謎《なぞ》に包まれたままです。犬の本能なのか、たまには自由に走りたかったのかもしれません。わからないでもありません。ぼくだってたまにはちょっと羽をのばしたい、そんな気持ちになることもありますから。

もしかして、クロードはぼくたち家族が自分のことをどれだけ心配してくれるのか、愛してくれているか、ちょっと確かめてみたくなったのかもしれません。

だから、ぼくは帰ってきたクロードには何も言わず抱きしめて、たくさんなでてやります。きみは大切な家族なんだよ、きみが帰ってきてくれて良かった、ありがとうという感謝の思いを込めて心の中でそっとつぶやきます。

「よく帰ってきたね。おかえり、クロード」

―盲《もう》学校で見えた視覚障がい者の現実―

埼玉県立盲《もう》学校は、埼玉県に一校です。幼稚《ようち》部・小学部・中学部・高等部（普通科・専《せん》攻《こう》科）があり、県内の幼児・児童・生徒約百人あまりが学びます。県内で一校だけのため、通学が難しい生徒のために、寄宿舎《きしゅくしゃ》があります。特に高等部の専攻《せんこう》科は、職業コースとして、高校課程を修了した視覚障がい者が、三年間制で理療《りりょう》（按摩《あんま》・指圧《しあつ》・マッサージ・鍼《はり》・灸《きゅう》）を学び、国家試験に挑戦します。実技はもちろんのこと、三年間で学ぶ勉強量も案外多く、看護学校レベルだと言われています。ぼくのように、人生の途中で病気や事故で視覚障がい者になった人なども、理療《りりょう》の国家資格を取り、再就職を目指すのです。それまでの職歴は、営業マン、建築士、トラックの運転手、大工、市役所の職員、看護師…と実にさまざま。家庭を持っている人も多く、資格を取り再就職を目指し必死で学んでいます。先生より生徒のほうが年上なんてことはよくあります。教室で、先生や同級生に、孫の写真を見せている生徒なんていう光景もありました。

ぼくは高等部普通科で、高校生に国語を教えていました。その他に、寄宿舎《きしゅくしゃ》の舎監《しゃかん》として、週一度寄宿舎《きしゅくしゃ》に泊まっていました。夕食から入浴、学習時間には普通科の生徒を中心に勉強を見たり、生徒の相談に乗ったりというのが主な舎監《しゃかん》の仕事。いわば、学校と寄宿舎《きしゅくしゃ》とのパイプ役みたいな存在です。消灯前《しょうとうまえ》の自由時間には、専攻科《せんこう》の生徒に本人の勉強も兼ねて、按摩《あんま》・指圧《しあつ》・マッサージをしてもらうのが楽しみでした。

専攻科《せんこう》の生徒の中には、ベトナムから来た全盲《ぜんもう》の青年もいました。全盲《ぜんもう》というハンディに加えて、言葉の壁《かべ》もあります。日常会話はかなりできますが、専攻科《せんこう》の勉強は、人間の体のツボの名前をはじめとして、東洋医学の専門用語です。それを音《おん》だけを頼りに、文字通り寝る間も惜しんで勉強しています。ベトナムでは食用犬《しょくようけん》を食べる習慣があるため、ぼくがふざけて、

「クロードはガイドドッグ、ワーキングドッグだから、食べないでくださいよ」

と言うと、彼は、

「わかった。わかった。でも、最近食べてないなあ…」

ぼくとクロードは、思わず後ずさり。

彼が、「ベトナムの視覚障がい者は家族に面倒を見てもらうしかない。ぼくは資格を取って、視覚障がい者に教えたい。ベトナムの視覚障がい者をひとりでも多く自立させたい。ぼくが資格を取って、ベトナムに帰れば、ベトナムの視覚障がいの先生は四人になる」と話していたのをよく覚えています。

生徒の中には、成人も多く、視覚障がいだけではなく、他の病気や障がいを抱えている生徒もいます。また、深刻《しんこく》な家庭の問題を抱えていたり、経済的に困窮《こんきゅう》している生徒もいます。寄宿舎《きしゅくしゃ》に入っていれば、三度の食事には困ることはありませんが、土日や夏休みなどの休日には食事に困るのではないかと心配される生徒もいます。目の状態が悪化してしまい、角膜移植《かくまくいしょく》をすぐにしたい。国内のアイバンクからの提供であれば三十万円ほどで手術できるが、一年以上待たされるかもしれない。海外からの輸入ならば、すぐにできるが手術には百万円近くかかってしまう。その費用をどうすればよいのか。精神的に追い込まれてしまった生徒を、半《なか》ば強引に心療内科《しんりょうないか》に連れて行ったこともあります。生徒が盲《もう》学校での勉強が続けられるようにと、地元の市役所で生活保護や世帯分離《せたいぶんり》（生活保護を受ける場合、生徒本人の障害年金や就学奨励費《しゅうがくしょうれいひ》も収入とみなされてしまうため、生徒本人を世帯から独立させるなど）の手続きの相談についていったこともあります。

教師であるぼくが、どこまで家庭の問題に介入《かいにゅう》してよいものか、悩んだこともあります。教師であるぼくの、できることの限界や無力さを嘆いたこともあります。全盲《ぜんもう》の教師であるぼくならば、視覚障がいの生徒の気持ちが理解できるのではないだろうかと思っていましたが、ぼくには想像できない、視覚以外の病気や障がい、家庭内の問題や経済的な困難を抱えている生徒もいました。視覚障がい者の就労《しゅうろう》の難しさも目の当《ま》たりにしました。

そしてそもそも、本当に困窮《こんきゅう》している人たちへの福祉《ふくし》制度《せいど》の遅れを痛感《つうかん》させられました。

見えない生徒たちに寄り添って

盲《もう》学校での四年間、教師と生徒の枠を越えて、さまざまな生徒と向き合ってきました。生きるとは何か。家族とは、教育とは、教師とは何か、を自分に問いかける日々でした。

普通中学校に通っていて、いじめられて盲《もう》学校に編入してきたという生徒も何人かいました。いじめられて、心の傷を抱えてたどり着くようにしてこの学校の門を叩《たた》くのです。

元々皆、弱視《じゃくし》とか何らかの視覚障がいを持っています。普通学校に行こうと思えば行ける、努力すれば何とかやっていけないことはないと周囲は思ってしまうのですが、今の普通学校や子どもたちをとりまく現実は大人の想像する以上にはるかに厳しいのです。

弱視《じゃくし》であるというだけで、からかいやいじめの対象となるのは珍しくありません。壮《そう》絶《ぜつ》ないじめを体験した子どももいます。ぼくは、自らの視覚障がいを受け入れることすら容易《ようい》ではありませんでした。ここに来る生徒はぼく以上に、さまざまな意味で厳しい状況と向き合っていたんだな、と思うことがあります。

視力に障がいを持ち、心に傷を抱えた生徒を前にして、ぼくは共感から入っていきます。ぼくも同じ視覚障がい者であるというところから始まり、この社会で生きていくために何をなすべきか、何が必要か、何が大事かを生徒たちに伝えるようにしています。

いじめられてこの学校に来た子には、「強くなれ」とは言いません。でも、「自分を信じて、今やれることを一つひとつやっていけば、それが自信につながります。ひたむきに努力していけば、周囲に認められます。そうすれば、必ず道は開ける、誰かが助けてくれる」と自分の体験から学んだことを伝え、心から激励《げきれい》するようにしています。それが、ぼくが生徒たちに教えられる唯一のことだからです。

三十五歳で盲《もう》学校の高等部に入学した生徒がいました。

彼は高校を一年で中退して電気配線の仕事をしていましたが、二十四歳の時にバイク事故に遭《あ》い意識不明となり、目が覚めたら全盲《ぜんもう》になっていたといいます。その後、リハビリを重ね、按摩《あんま》・鍼灸《しんきゅう》の免許を取って働いていました。

ところがお客さんと接するうちに、自分には一般教養がないために会話が続かない、と悩み、「もう一度高校に入って勉強をしたい」と思ったのが入学の動機でした。

彼は事故で脳を打って全盲《ぜんもう》になりました。その他にも後遺症《こういしょう》があったり、言葉がうまく出てこないといった身体的なハンディキャップに苦しんでいました。

それでも彼は、点字の勉強から始めてコツコツと努力を重ね、勉強する喜びをつかんだのです。

ぼくは逆境にあっても彼がひたむきに努力する姿から、

「勉強を始めるのに遅すぎるということはない」

「人生は一生勉強だ」

ということを改めて教えてもらいました。

三人の子の父親として

二〇〇四（平成十六）年、ぼくが養護学校で教えていた頃、当時小学六年の次女が緊急入院する事態《じたい》が起こりました。

具合が悪いというので、近所の病院に連れて行くと、当初、「風邪《かぜ》」と診断されました。薬を飲んでも治らず苦しがるので、妻が大学病院に連れて行きましたが、そこでも「風邪《かぜ》」だというのです。

「お母さん、もう死にそう」

何日か経《た》った夜、次女がぐったりしているので、驚いて再度病院に連れて行き、「病院に入院させてください」と妻がお願いして入院手続きをとりました。病名を特定するまでは長い時間を要しましたが、ようやく「川崎病《かわさきびょう》」と診断されました。

川崎病《かわさきびょう》は、全身の中小動脈が炎症を起こす病気で、「KAWASAKI DISEASE《カワサキディズィーズ》」として世界共通の病名で呼ばれ、全世界の乳幼児・児童を襲っており、その原因は未だ不明とされています。

最悪の場合、血清《けっせい》注射をしないと、亡くなることさえあるといいます。

我が子が緊急の事態《じたい》でも、ぼくは目が見えないので子どもを車に乗せて病院に連れて行くことさえできません。病院に見舞いに行くことも容易《ようい》ではなく、ただ自宅で待っているしかないのです。病院の一切合切も全て妻に頼りきりです。幸《さいわ》い、娘の病気は完治しましたが、我が子の一大事にも、父親らしいことをしてやれない自分がもどかしく、子どもたちにはかわいそうな思いをさせているな、といつも感じてきました。

思えば目が見えなくなってからは、ぼくは自分のことで精一杯で、家事も育児のほとんどを妻にまかせっぱなしです。

ぼくのような視覚障がい者を父に持つことが、子どもたちの成長と精神の発達形成に少なからず影響を及ぼしていることはあると思います。

長女は幼稚園《ようちえん》の頃、心が不安定になり、子育てに苦労した時期がありました。夜泣きや疳《かん》の虫《むし》に襲われ急に大声で泣き出すことがしばしばありました。いったいこの子はどうしたのだろうと不安でした。

ぼくが自宅療養していた頃、長女を幼稚園《ようちえん》まで送っていったことがあります。そんな時決まって長女は幼稚園《ようちえん》の前で泣き叫んで暴れるのです。突然、目が見えなくなった父親を娘がどう感じていたのか。幼心《おさなごころ》に敏感《びんかん》に不安のようなものを感じていたに違いありません。その頃、ぼくは失明したショックで生きるのが精一杯で、心が荒れ、妻と喧嘩《けんか》ばかりしていました。父親という絶対的な安心感を与えてあげられず、かわいそうなことをしたと今でも思います。

長男にも、ぼくは父親として負い目を感じています。

ぼくには彼の幼い頃の記憶がほとんどありません。気がついたらいつのまにか大きくなっていたという感じです。

幼い頃、彼を写した写真もほとんどありません。長女も、次女も幼い頃に撮影した写真はたくさんあります。ぼくが全盲《ぜんもう》になり家族も混乱の中にあって、家族写真もその時期、一切途絶えてしまっています。

長男が生まれて間もなく、ぼくは左目に網膜剥離《もうまくはくり》を発症し、大学病院に緊急入院して手術を受けています。その後、両目を失明したことに絶望し、自殺さえ考えていた時期です。長男の誕生から成長していく過程は、ぼくが全盲《ぜんもう》になった時期とぴたりと重なっています。自分を見失い、押しつぶされそうな日々を送っていたぼくは父親として、息子に愛情をかける余裕を持てませんでした。

そんな「父親失格」のぼくと、家族を支える妻の手をわずらわせまいと思ってか、三人ともけなげにも素直に育ってくれました。

「お父さん、マッサージして」

ぼくが中学校時代陸上部に入っていたように中学生になると三人とも陸上部に入り、部活が終わって帰ってくるとマッサージをせがむようになりました。大きくなってもこうして触れあうことで、幼い頃にぼくが愛情を与えることができなかったぶんを、親子で取り戻しているのかもしれません。

ぼくは子どもたちの成長した姿を見ることはできませんが、触れることで成長を確かめます。幼い頃の顔を思い浮かべ、「今はきっとこんな顔をしているのだろうな」と想像するのはぼくの喜びです。

妻の誕生日

全盲《ぜんもう》になったぼくのぶんまで、中学教師として働きながら三人の子どもを産み、育ててくれた妻にはどれだけ感謝してもしきれません。

三人の子どもたちの父親役と母親役はすべて妻がこなしてくれました。そのうえ、ぼくが泣いたり愚痴《ぐち》ったり、時には心が不安で荒れた時でも、「あなた、しっかりしなさい」とぼくをなだめ、叱《しか》り、励ましてくれたおかげで、今のぼくと家族があるのは間違いありません。

「あなたは自分の身の回りのことをちゃんとやり、仕事を一生懸命してさえすれば社会的にも評価される。でも、わたしはあなたと同じように仕事もしているけど、子育てもしているのよ」

喧嘩《けんか》の時妻に言われます。確かにその通りで、妻には何を言われてもしょうがないなと思いますが、それをぼくがあっさり認めるのは、妻にはシャクかもしれません。

妻は強い女性ですが、ぼくのことで人知れず涙を流したことも一度や二度ではなかったはずです。

でも妻は、「いろいろ大変だったけど、人生経験だなと思う。貴重な経験ってとこね」とぼくに言います。そんな風にさらっと言うのが彼女のすごいところです。

「君のその前向きで超ポジティブな性格はどこからきたの？」

と真面目《まじめ》に尋《たず》ねたことがあります。

「一番には、三人の子どもたちのために強くならなくちゃと思ったから。もうひとつは、学校で生徒たちに元気をもらえるから」

「あなたのために」とは言いませんでしたが、妻はぼくとのことでいやなことがあっても、学校で音楽の授業をして、子どもたちが一生懸命歌う姿を見ていると、「こんなことぐらい大丈夫」という気持ちになって元気になると言います。

「わたし音楽教師で良かった、と心から思うわ」

また、妻は生徒たちに盲導犬についての授業も行っています。生徒たちが熱心に聞いてくれたり、思いやりの心が芽生《めば》えてきているなと感じる瞬間《しゅんかん》、教師として何よりうれしいと言います。


何年か前、ふと妻の誕生日のことを思いました。結婚する前は、誕生日にはお互いにプレゼントを贈りあっていました。妻はぼくの誕生日に腕時計を贈り、ぼくは妻の誕生日にネックレスを贈った記憶があります。

結婚してからも、妻はぼくにリュックサックやシャツなど誕生日に毎年プレゼントをしてくれています。でも、ぼくは失明して以来、思えば一度も妻に誕生日プレゼントを贈った記憶がありませんでした。

妻の誕生日は十一月二十一日。ちょうどボジョレーヌーボーの解禁日（十一月第三木曜日）の頃です。その年から毎年、妻に赤ワインを贈ることにしました。妻は驚いたようでしたが、とても喜んでくれました。感謝の言葉はなかなか口に出しては言えませんが、せめてもの「ありがとう」の気持ちです。

今年のボジョレーヌーボーの出来はどうかな？

第5章

家族と白杖《はくじょう》ついて世界十五ヵ国の旅

—失われた家族の時間を取り戻すために—

ぼくたち家族は、一九九九（平成十一）年から二〇〇八（平成二十）年の間、毎年、海外を旅しました。

訪ねた国は、イギリス、フランス、オーストラリア、オランダ、ベルギー、シンガポール、マレーシア、イタリア、バチカン、スイス、ハワイ（アメリカ）、ドイツ、オーストリア、韓国、モナコの十五カ国にも及びます。

それぞれの国を見て歩いて、笑いあり涙ありの珍道中。視覚障がい者とその家族という立場からさまざまなことを見聞きし、楽しみ、学んだ旅でした。訪れた国はどこも印象深いのですが、なかでも視覚障がい者と健常者《けんじょうしゃ》のあり方について学びのあった国でのエピソードをいくつかご紹介しようと思います。

そもそも、ぼくたち家族が海外旅行を企画し、始めたのは十年前にさかのぼります。最初の網膜剥離《もうまくはくり》になってから、さまざまな紆余曲折《うよきょくせつ》を経てようやく希望が叶《かな》い、一九九九年一月、ぼくは埼玉県立秩父《ちちぶ》養護学校に復職しました。

それまで、家族の思い出を作る余裕もなく、それどころかぼくは物理的、精神的にも追いつめられて、唯一のはけ口は不安やいらだちを家族にぶつけるという最悪の悪循環《あくじゅんかん》にはまりこんでいました。今から思えば、ぼくは妻と子どもたちにどれほど寂しくつらい思いをさせたことか。

そんなぼくは、ふと思ったのです。バラバラになった家族の心と絆《きずな》をもう一度、この手に取り戻したい。家族への罪滅《つみほろ》ぼしと感謝の思いを込めて、そしてこれから新たに家族の思い出を作るにはどうすればいいのか。妻と考えた末の結論が、年に一度、家族そろって旅行をすることでした。

この先、子どもたちも成長し、小・中学校と進むにつれて部活や受験などで忙しくなり、ますます家族全員でそろって行動する機会も減少することでしょう。年に一度の旅行は、家族が一緒に過ごす貴重な時となるでしょう。

「行き先はどうしようか」

「いっそ海外に行くのはどうかしら」

妻の思い切った提案にぼくも心が動きました。

国内旅行だと国内ゆえの安心感から家族がバラバラに行動する可能性があり、常時、家族がまとまって行動することが少ないように思えました。せっかく家族で一緒に旅行をするのです。家族が一緒に行動するためにも、海外旅行がいいかもしれない、と妻もぼくも思いました。

それに、海外に行けば、ぼくのような視覚障がい者がどのように生活をし、どのように生きているかを知り、学ぶ機会があるかもしれません。子どもたちにも海外に出てできる限り、少しでも人間としての視野を広げてほしい。そのためのチャンスにもなればと思いました。

旅行中、盲導犬はお留守番

ぼくのパートナーであり、家族の一員でもある盲導犬のクロードも、海外に連れて行けるなら一緒に行きたいと思いました。

渡航《とこう》における盲導犬の受け入れ状況は、国によってまちまちです。概《おおむ》ね、ヨーロッパやアメリカは盲導犬受け入れに寛容《かんよう》です。盲導犬の普及《ふきゅう》と認知が遅れているのはアジアと言われます。盲導犬に関しては、まだまだ発展途上《はってんとじょう》というか、入国を受け入れていない国が多いようです。

以前、中国の某《ぼう》企業に勤務する中国人が日本の企業に研修に来て、たまたま、ぼくは盲導犬クロードとともに面会する機会がありました。その一行に、ぼくは盲導犬について、英語で説明しました。

しかし、彼らには盲導犬の存在をどう説明しても理解してもらえません。中国では犬を働かせるという概念《がいねん》がないのです。犬はペットであり、子どもの遊び相手以外の何物でもないと言うのです。（その後二〇〇四（平成十六）年に中国初の盲導犬訓練所が設立されましたが、ニュースによると、先の北京《ペキン》五輪の時点で、中国本土で盲導犬を使用している

人は六人しかいないとのことです）
ぼくは盲導犬の各国の受け入れ状況について、アイメイト協会に問い合わせました。「盲導犬が入国できる国もある。が、検疫《けんえき》の手続きが複雑であり、万一、書類の不備が発覚したりすると、入国審査《にゅうこくしんさ》の際に、検疫所《けんえきじょ》で留《と》め置《お》きという事態《じたい》も起こりうる」とのこと。悩みましたが、英語力の心配もあり、旅行中に検疫《けんえき》のトラブルなどを背負い込みながら旅を続けるのは避けるのが賢明《けんめい》、と現実的な判断をせざるをえませんでした。

また、どんなに受け入れに寛容《かんよう》な国であっても、長時間のフライトは盲導犬にとって非常にストレスになります。排泄《はいせつ》も我慢しなければなりません。考えた末、クロードはぼくたちが海外旅行の間、アイメイト協会に里帰りさせることにしました。盲導犬の使用者が病気で入院したり（その際は無料預かり）、旅行をする際（有料預かり）に、一時アイメイト協会で盲導犬を預かってもらえるシステムがあるのです。おまけに、「里帰り」の利点としては、これまで盲導犬としての仕事をしていた中で、少し苦手なことなどを、フォローアップ（再訓練）してもらえるのです。クロードを置いて自分たちだけ楽しんでくるのはかわいそうだなと思いつつ、クロードにとってもアイメイト協会に里帰りし、かつての訓練時代のように犬舎《けんしゃ》で多くの仲間たち（おおよそ五十～六十頭）と過ごすのできっと寂しくはないだろう、と自分を納得させました。

旅行中は、留守番としてぼくの両親が自宅にいます。が、実は両親にクロードの世話をお願いするのが最も心配なのです。両親はクロードを溺愛《できあい》して甘やかしすぎるため、ぼくがいないことにかこつけて、クロードの大好物のチーズをやり放題になるとも限らないからです。旅行から帰ってきたらクロードがすっかりおデブ犬になって成人（成犬？）病危機なんて目もあてられません。

以後、十年間、夏休みの海外旅行中は、クロード（初代）、マーリン（二代目）はアイメイト協会に里帰りすることになりました。

クロードに代わって、旅行中、ぼくの移動の手引き（ガイド）は長女（大きくなってからは次女も）の役目、ぼくのトイレの案内は長男の役目といった具合に、役割分担を決めました。家族が協力し合い助け合いながら旅行をすることで、家族の団結力を深められたらと思ったのです。そして、ぼくにとって海外旅行に欠かすことができないのは白杖《はくじょう》です。

白杖《はくじょう》には、二つの役割があります。

ひとつは、杖《つえ》で二歩半前を探索して安全に歩行すること。

もうひとつは、ぼくが視覚障がい者であることを示し、周囲に注意を促《うなが》すことです。

海外旅行の際、ぼくは白杖《はくじょう》を肌身離《はだみはな》さず持ち歩きました。

普段、日本で生活をしている時には盲導犬がいるのでぼくは白杖《はくじょう》は使いません。海外を旅行することになり、慣れない白杖《はくじょう》を使いながら、視覚障がい者を示す万国共通のシンボルとして、白杖《はくじょう》はまさにユニバーサルデザインであることを改めて実感し、想像以上の効力をもたらしてくれました。

―盲導犬先進国の品格（イギリス）―

家族で最初の海外旅行先をイギリスとフランスに決め、ぼくたち家族がロンドン・ヒースロー空港に降り立ったのは、一九九九年八月のことです。

欧州一大きなこの空港に響きわたる英語の場内アナウンス、人々の会話に、これが本場英国のクイーンズ・イングリッシュかと胸を高鳴らせました。

イギリスは盲導犬先進国と言われ多くの盲導犬が活躍しています。そのため盲導犬に対する理解度も深く、一定の条件を満たしていれば盲導犬の入国も問題ありません。一九九七（平成九）年に英国史上初の全盲《ぜんもう》の閣僚《かくりょう》として教育雇用相《きょういくこようしょう》に就任したデイヴィッド・ブランケット氏も盲導犬を使用していました。

異国の活気に満ちた空気に触れ、やはりクロードも無理をしてでも連れて来てあげれば良かったな、とちょっぴり後悔しました。

当時、日本でも舞台の『美女《びじょ》と野獣《やじゅう》』が人気で、ぼくも妻と一緒に東京で観て感激しました。そこでミュージカルの本場ロンドンのウエスト・エンドで、家族みんなで『美女《びじょ》と野獣《やじゅう》』を観劇することにしました。

劇場ロビーに響く人々の談笑《だんしょう》、気取って歩く靴音、ワインや紅茶の香り、女性の甘い香水ときらびやかなドレスの衣擦《きぬず》れの音、男女のささやき声…幕が開く前から、夢の舞台は始まっています。

ミュージカルは素晴らしく、主役のベル役を黒人の女性が演じていました。イギリスはやはり開けた社会なのだと感じながら、その美しく力強い歌声に酔いしれました。

翌日、一八四九年に紅茶を扱う食料品店から始まり、今やヨーロッパを代表する百貨店と言われるハロッズに行きました。店内はリュックを背負って歩くのは禁止ですが、ぼくが視覚障がい者であるとわかると特別に許可してくれました。

イギリスで初めて店内にエスカレーターを設置したり、今でも配達のための馬車や車の

「ハロッズ・バン」をロンドン中に走らせているという話を聞くと、店内の空気からも歴史と伝統が伝わってくるように感じます。

妻と二人の娘は大喜びで店内を物色《ぶっしょく》し、その間ぼくと三歳の息子は待合所で休憩《きゅうけい》します。しばらくして、ぼくはトイレに行きたくなりました。でもトイレがどこにあるか、見えないぼくにはわかりませんし、誰に尋ねて良いかもわかりません。妻たちは買い物に夢中になっているのか、一向に戻ってくる気配はありません。そのうちぼくはいてもたってもいられなくなり、店内をうろつき始めました。さて、困ったぞ、と息子の手を引いて歩き回っていると、ぼくの様子に気づいたのでしょう、男性の店員がどこからかさっと近寄って来て、きれいなクイーンズ・イングリッシュでぼくに事情を尋ねます。ぼくが答えると、ぼくと息子をトイレまで案内し、ぼくが用をすませるまで、息子につきっきりでいてくれました。

高級そうな香水が薫るトイレで、男性店員がぼくたちに親切にしてくれたことがとても印象深かったのを覚えています。つねに客の立場になって考えていて、案内の仕方も実にさりげなくスマートでした。さすがは名門百貨店、社員教育も行き届いています。

店員の心遣《こころづか》いに感激し、ハロッズでささやかな買い物をしました。

しかしお値段のほうもさすがは高級百貨店、だいぶよろしいようで、服や小物には簡単には手が出せません。聞けば、当時イギリスはすでに付加価値税《ふかかちぜい》（消費税）が十五％でしたが、子ども服や子ども用品は抑えられているとのことでした。

それでは子どものものだけでも買って帰ろうと、長女には筆箱とバッグを（今でもそれを大事なもの入れにしまってあり、そろそろ使おうかなと言っています）、次女には筆箱と黄緑のジャケットを（日本にはなかなかない色で気に入り、今も大切にとってあります）、長男には妻の見立てで紺《こん》の英国風のチェック柄のジャケットを買いました。

ぼくたち夫婦用には、旅の思い出に香りのいい紅茶を買いました。ダイアナ元妃のエピソードのある紺色の袋に入った白いバラの紅茶です。

そのダイアナ元妃が結婚式を挙げ、その地に眠っているという教会も訪ねました。賛美歌が流れ、教会音楽が静かに響き、厳《おごそ》かな雰囲気が伝わってきます。

イギリスではぼくのように白杖《はくじょう》を持っている人がいると、一般の人々が、さりげなく道や席を譲ってくれます。その点、残念なのは我が日本の観光客。妻によると、国内外問わず、白杖《はくじょう》を持った視覚障がい者がいても気づかないのか慣れていないというのか、ただ幽霊のようにボーッとしているだけで動かず、なかには行く手を阻《はば》んでいる人もいるといいます。いずれももちろん個人差がありますが、この違いはどこにあるのでしょう？

キリスト教の博愛主義が徹底しているからか、欧米人には一様《いちよう》にそういった傾向が見られます。イギリスのお金持ちのステイタスは、福祉施設《ふくししせつ》に寄付することだそうです。そのため、盲導犬施設《しせつ》も充実し、大変恵まれているようです。

イギリスでも当然ながら公園で排泄《はいせつ》したペットのフンは持ち帰る決まりです。が、唯一、盲導犬だけは許されると聞き、その精神性の高さに驚きました。P.116の日本でのエピソードとは大違いです。

―シャルル・ド・ゴール空港で見た平等主義（フランス）―

イギリスからフランスへは、国際高速列車ユーロスターでドーバー海峡《かいきょう》を渡りました。新幹線が大好きな息子は大はしゃぎです。ロンドン－パリを約二時間で結ぶ、最高時速三百kmの速さを全身で感じます。

パリ市内を家族で観光して回りました。凱旋門《がいせんもん》から「世界で最も美しい通り」と呼ばれるシャンゼリゼ通りを歩けば、高級ブティックやレストランが立ち並ぶ様子を、長女がぼくに教えてくれます。人々の話し声や車が行き交う音も優雅で華やかに感じられます。

著名な画家を輩出《はいしゅつ》し、美術館も多いモンマルトルは、ガヤガヤしている雰囲気を楽しみながら歩きます。カフェに座ってコーヒーを飲むだけでも楽しく、レストランではエスカルゴやワインも満喫《まんきつ》しました。

愛犬国家フランスはそこら中に犬がいて、飼い主と行動をともにしていました。フランスも盲導犬の入国が可能です。そういう国家であり、社会だから、目が悪くても悪くなくても、障がい者であろうがなかろうが、街角のカフェやレストランなどどこでも平等に分け隔てのないやり方でスマートな接待をしてくれます。

パリの中心、シテ島にあるノートルダム大聖堂にも行きました。ノートルダムとはフランス語で「我らが貴婦人」、すなわち聖母マリアを指すといいます。フランス・カトリック界の総本山《そうほんざん》、ユネスコの世界遺産にも登録されているゴシック建築の傑作《けっさく》と言われるこの教会の美しさを、ぼくはこの目で実感することはできませんが、光や風、空気の流れ、音の響きや匂いから全体の雰囲気を感じ取ることはできます。

聖堂内は観光客で混雑していますが、お祈りする人の気配を感じます。荘厳《そうごん》な空気の中、ぼくも家族が健康で幸せでいられるようにと祈りました。

クロード・モネの庭にも行きました。パリの西約八十kmの郊外にあるジヴェルニーにあるモネが造ったその庭は、フランス式の「花の庭」と日本式の「水の庭」があります。

有名な連作『睡蓮《すいれん》』の絵のモチーフとなった「水の庭」には、太鼓《たいこ》橋のようなアーチ型の橋がかかっています。その橋を歩いて、柳の葉っぱがゆらゆらしている葉ずれの音を耳にすると、二度とこの目で見ることのできないあの名作『睡蓮《すいれん》』がまぶたに浮かびます。

晩年、白内障《はくないしょう》で失明寸前の状態にありながら、睡蓮《すいれん》の絵を描き続けたモネは、この場所に立ち、水に映る光をどのように捉《とら》えていたのでしょう。失われてゆく光すら芸術に昇華《しょうか》させた、偉大なる画家の心境《しんきょう》に思いをはせました。

フランス滞在の最終日、何となく気になっていたあのモン・サン・ミッシェル修道院を訪ねることにしました。今ほど有名ではなく、日本の銀行のポスターに一度だけ登場したのを妻が覚えていたのです。それはそれは神秘的なものであるらしい、という噂《うわさ》を聞いて子どもたちとともに朝四時半に起きて出発。バスで片道四、五時間かけてモン・サン・ミッシェル修道院に行きました。

モン・サン・ミッシェル修道院は、フランス西海岸、サン・マロ湾上《わんじょう》に浮かぶ小島に築かれており、ユネスコの世界遺産にも登録されています。

ガイドの説明を聞きながら、修道院の石畳《いしだたみ》を一段、一段、上がります。狭い階段をぐるぐる螺旋状《らせんじょう》に高く、高く上りました。階段が延々と続くのには辟易《へきえき》しましたが、はるか昔によくこれだけの巨大な建築物を建てたものです。かつては多くの巡礼者がこの湾《わん》の干満の差が激しい潮に呑《の》み込《こ》まれて命を落としたといいます。それほどまでの厚い信仰心からこの建築物も誕生したのだろう、と湾《わん》から吹いてくる風に過ぎさった人々の息吹《いぶき》を感じました。

ところで、視覚障がい者の文字文化を支えた「点字」は、ここフランスで生まれ、世界中に広まりました。

ぼくも日々、お世話になっている点字は、パリ盲《もう》学校の音楽教師であったルイ・ブライユが考案したのが始まりだそうです。（点字は英語でbrailleと言いますが、これは彼の名前Louis Brailleから名づけられたとのこと）

ガイドに聞いたところでは、パリ郊外の小さな村に生まれたルイは三歳で父親の工房で事故に遭《あ》い、そのケガによる感染症により五歳で全盲《ぜんもう》になります。パリ盲《もう》学校で学んでいた十二歳の時、盲《もう》学校に来たフランス軍の軍人から「夜間に命令が出た時の暗号」として使用されていた十二の点からできた触覚《しょっかく》文字を教えてもらったことが、ブライユが点字を考案するきっかけとなったと言われています。ブライユは多くの国民的英雄（たとえばビクトル・ユゴーやエミール・ゾラなど）を祀《まつ》るパンテオン（英雄などの墓廟《ぼびょう》）に埋葬《まいそう》されています。

現在、クプヴレ村ルイ・ブライユ通りにある彼の生家《せいか》は、点字博物館として公開されています。世界中の人々が訪れ、視覚障がい者に光をもたらしてくれたブライユの遺徳《いとく》をしのんでいると聞きました。

点字の父・ブライユの生家《せいか》とパリ盲《もう》学校は、いつかゆっくりと訪れてみたいと思っています。

気がつけばもう、フランス出国の日を迎えました。最後にちょっとしたハプニングが…。シャルル・ド・ゴール空港で、ぼくがセキュリティーチェックを通過しようとすると、係の女性が何やらフランス語をまくしたてながら、厳しくボディーチェックを始めました。挙《あ》げ句《く》に、折《お》り畳《たた》み式の白杖《はくじょう》を入念に検査しています。杖《つえ》の中までしっかり覗《のぞ》いているようです。それを見て、同じ係の男性が飛んできました。その女性の勢いをなだめるようにとうとうと英語でまくしたてています。

「この男性はブラインド（視覚障がい者）だ。だから、そんなに警戒《けいかい》するな」

どうやら彼はそう言っているようです。

それでも、その女性は聞く耳を持たないかのように、納得のいくまで検査すると言って聞きません。よほどぼくを疑っているか、責任感が強いのでしょう。もはや、何人《なんぴと》も彼女の仕事を止めることはできません。十分に納得するまでじっくりと彼女は白杖《はくじょう》を精査《せいさ》して、ようやくぼくを解放してくれました。

その時ぼくの手引きをしていた長女も、「どうしてあんなに厳しくするのかわからない」と言い、ぼくも心中穏《おだ》やかではありませんでした。が、後になって考えてみると、白杖《はくじょう》を持っていようが視覚障がい者であろうが、健常者《けんじょうしゃ》と平等に決して容赦《ようしゃ》しないという態度は、フランス国家は何人《なんぴと》でも平等に差別しないということなのかな、と考えると納得がいきました。というのも、とかく日本のセキュリティーチェックは、白杖《はくじょう》に関する限り、まるで水戸黄門《みとこうもん》の印籠《いんろう》のごとくフリーパスのように通してもらえるからです。

日本人は「障がい者イコール善」という固定観念を持っている、と感じるのはぼくだけではないでしょう。その考えがどこからきているのかはわからないのですが、「障がい者は悪いことをしない」というような妙な先入観には、違和感があります。

障がい者も健常者《けんじょうしゃ》と同じ人間。善人もいれば悪人もいる、極悪人だっていないとは限らない。それが世の中というものです。

スウェーデンの大手人材派遣《おおてじんざいはけん》会社のTVコマーシャルでも、横暴な視覚障がい者の使用者に嫌気がさした盲導犬が転職する、という内容のものがあるそうです。最後はひとり途方にくれる彼を、その盲導犬がざまあみろという表情で橋の上から眺《なが》めているというものです。

日本では障がい者を悪役にしたコマーシャルを作るのは難しそうです。ぼくはその話を聞いて、ノーマライゼーションという観点でのヨーロッパの成熟度が端的《たんてき》に表れているように感じました。

たとえば日本の映画やドラマで視覚障がい者や車椅子《くるまいす》に乗っている人などが当たり前に通行人として映るようになれば、日本もノーマライゼーション社会になったという証《しょう》左《さ》にはなるかもしれませんが…。

シャルル・ド・ゴール空港での一件は、根底《こんてい》にあるのは健常者《けんじょうしゃ》も障がい者も平等に罪を犯す可能性がある、という考え方に基づいています。障がい者と健常者《けんじょうしゃ》を分け隔てないそういう精神的な平等主義こそが、日本人にも求められているとぼくは思います。

―人と自然が優しい国（オーストラリア）―

「老後はこんな快適な気候のところで過ごしてみたい」

「長生きできそうだ」

「雄大な自然を満喫《まんきつ》できる」

そんなうたい文句が人々を惹《ひ》きつける国、オーストラリアをぼくたち家族が訪れたのは二〇〇〇（平成十二）年のこと。

「May I help you?（何かお手伝いすることはありますか？）」が一番聞かれた国です。あまりに挨拶《あいさつ》みたいに気軽に言われるので、こちらも気楽に返事をすることができます。

現地の人は、ぼくのような視覚障がい者には困っていればすぐに手を貸してくれますし、こちらも必要なければ「No, thank you（けっこうです、ありがとう）」と一言笑顔で返せば良いのです。

オーストラリアのあるレストランで、たまたま他の日本人ツアーと一緒になりました。妻によると、ぼくがナイフとフォークを使うのに苦戦していると、それを見て若い日本人女性グループがぼくの一挙一動《いっきょいちどう》を笑っていたといいます。

「外国人であなたのことを笑う人はひとりもいないというのに、同じ日本人に笑われるなんて」

妻は後でひどく憤慨《ふんがい》していました

ぼくはといえば、このうまいオーストラリア料理を何とか食べてやろうと、必死にナイフやフォークと格闘《かくとう》していたのでそのことには気づきませんでしたが…。

その後、ぼくは方針転換《ほうしんてんかん》。マナーよりも料理を味わうことに徹することにしました。時には手づかみで、時には右手にフォークを持ち替えて、その土地の料理を残さず味わうことに決めました。マナーを気にするあまり、せっかくの料理を存分に味わえなかったら損です。それに、料理人にとっては、皿やテーブルクロスを汚されるより、料理を残されるほうが残念に違いないと思うからです。

―忘れられないガイドさんの心遣《こころづか》い（オランダ）―

二〇〇一（平成十三）年に行ったオランダは古い美しい街並みを保存しており、バリアフリーということは特別感じませんでした。ただ、歩いていて良いと思ったのは、自転車と歩く人の道が分かれていることです。自転車が多い国なので、そうやって歩行者の安全が守られており視覚障がい者にも歩きやすい街の構造になっています。

アムステルダムにある、『アンネの日記』で知られるアンネ・フランクの記念館は必ず子どもたちを連れて行こうと思っていた場所でした。第二次世界大戦中、ナチス・ドイツの迫害《はくがい》を逃れ、隠《かく》れ家《が》で暮らしたユダヤ人少女、アンネ・フランク。記念館の中には、その隠《かく》れ家《が》が当時のまま残されています。本棚の扉の奥の、隠《かく》れ家《が》へと続く細い階段を上がります。

ぼくは人の声、白杖《はくじょう》や靴の反響音《はんきょうおん》や、皮膚感覚《ひふかんかく》で感じる圧迫感《あっぱくかん》のようなもので、概《おおむ》ねその空間の広さを感じることができます。アンネの家は、娘の手引きで歩くには、壁や天井《じょう》にぶつからないように注意しなければいけないほどの狭い空間でした。こんなにも狭い空間で一家が息を殺していたかと思うと、弾圧《だんあつ》のむごさ、戦争の悲惨《ひさん》さに胸が痛みます。アンネとほぼ同じ年頃だった中学一年生の長女は、旅行の前に『アンネの日記』を読んでいました。長女にとっても、深く感じることの多い体験だったようです。毎回、旅行のたびに子供たちは旅行先で見て、調べて、感じたことを夏休みの自由研究としていますが、この年は、長女がアンネについてまとめていました。

この旅では、美術館などでガイドをしてもらった現地在住の日本人女性の気遣《きづか》いも深く心に残っています。

「新井さんが生まれつき見えないのか、途中から見えなくなったのかで、ガイドの仕方を変えようと思います。新井さんはどちらですか？」

ガイドさんからこんな言葉を聞いたのは初めてでした。

ぼくが視覚障がい者だと知り、両方のパターンの準備をして説明方法を考えてくださっていたのです。たとえばリンゴを説明するのに中途で失明した人にはリンゴですと言えますが、生まれつき全盲《ぜんもう》でリンゴそのものを見たことがない人にはリンゴをどう説明するのか言葉で説明する方法を考えてきましたと言うのです。素晴らしいと思いました。

そのガイドさんによると、「オランダは社会保障が進んでおり、仮に視覚障がい者になっても保障の面では心配がありません。税金は高いけれど、日本よりも老人や障がい者にも住みやすい国です」と聞き、正直うらやましく思いました。日本には日本の良いところがたくさんあるけれど、この国の社会保障に学ぶものが多くあるように思いました。

―白杖《はくじょう》の女性が優雅に歩く国（イタリア）―

二〇〇三（平成十五）年、ぼくたちは旅行先にイタリアを選びました。ルネサンス発祥《はっしょう》の中心地、温暖な地中海性気候の影響を受けたこの国の人々は、思い切り身振り手振りを交《まじ》えて会話をする陽気な人柄が印象的です。

ただし、スリにはご用心。そして街角では安っぽい偽物《にせもの》のカメオ（浮《う》き彫《ぼ》りを施した宝石）売りのおじさんにも遭遇《そうぐう》したけれど、明るく挨拶《あいさつ》を投げる様子が憎めません。

ローマのカフェで、ひとりテーブルに座ってお茶を飲んでいると、何やらぼくの頭の上で、男女が大きな声で話し始めました。恋愛のもつれか、ナンパか？　男性が一生懸命、女性に話しかけています。話に夢中になると、ぼくの頭上を何度も腕が空《くう》を切る。一体何をしているんだろう？　と不審《ふしん》に思いつつ様子をうかがっているうちに、はたと気づきました。そうか、イタリア人は、身振り手振りをしながらしゃべる習慣を持つ民族なのだと。「神に祈る時はスペイン語、女性に話しかける時にはイタリア語、男性に話しかける時にはフランス語、馬に命令するならドイツ語」

神聖ローマ帝国のカール五世という人が言ったそうですが、そんな言葉を思い出しました。カール五世の言葉に付け加えるなら、「礼節を知るなら日本語」といきたいものです。

ローマは街全体が遺跡です。

そのため道路や街の造りはバリアフリーとは無縁です。ただ、それを超えて、長い歴史のうねりにもまれながらも街が開発されずに保存されていることで、新しくもならない代わりに歴史が破壊されることからも免《まぬが》れていることに改めて感じ入りました。

半世紀も前の『ローマの休日』のシーンをたどることができるなんて驚きです。トレヴィの泉、スペイン広場、コロッセオに真実の口…。頭の中にオードリー・ヘップバーン演じるアン王女が可憐《かれん》な笑顔で街を歩くシーンが浮かびます。

ゴンドラ（水上バス）に乗って、『アラビアのロレンス』『ドクトル・ジバゴ』などで知られるデイヴィッド・リーン監督のラブストーリー映画『旅情《りょじょう》』や、ルキノ・ヴィスコンティ監督の映画『ベニスに死す』など不朽《ふきゅう》の名作の舞台、水の都ベネチアを散策しました。船頭《せんどう》のお兄さんが、陽気な声でカンツォーネを歌い、水面《みなも》の揺れる音がまさに旅《りょ》情《じょう》をかきたてます。

家族の説明では、ベネチアは建物と建物がひしめきあい、階段や段差がいたるところにあるといいます。まるで、街全体が迷路のよう。かくれんぼにはとてもいいに違いないけれど、ぼくひとりでは決して歩けないでしょう。

イタリアでは、視覚障がい者が教師をしている割合が日本よりだいぶ多いと聞きました。その場合、アシスタントは自分で雇うのだそうです。自前《じまえ》なので大変かもしれませんが、これなら視覚障がい者も教職に就《つ》けそうです。

また、この国では子どもたちは夏休みが三ヵ月もあるとか。教師はどうなのでしょうか？（何となく、気にはなります）

ミラノでは、有名な教会堂ドゥオーモとスカラ座、その道につながる、鉄とガラスで架《か》けられた屋根を持つ巨大な「ミラノ・ガレリア」と呼ばれるアーケードを歩きました。

高級ブティックやカフェの立ち並ぶアーケードを、白杖《はくじょう》をついた若くておしゃれなイタリア人女性がさっそうと街を歩くのを妻と娘は見逃しませんでした。

「かっこいい！」

「白杖《はくじょう》をついて、おしゃれな女性がひとりで堂々と胸を張って歩いていたわ」

その視覚障がい者の女性が、白杖《はくじょう》をつきながら前を向いて歩く姿は優雅で、何の不自由も感じられなかったといいます。

日本で見かける視覚障がい者とはどこか違う。おそらく周囲の人々が偏見《へんけん》もなく自然と視覚障がい者を受け入れる風土が元々あり、そのうえで見えないところで細《こま》やかな配慮をしているから、彼女は混雑した繁華街でも安心してさっそうと歩けるのではないでしょうか。

「生き方に自信のようなものが感じられる。視覚障がい者にとっても暮らしやすい国なんじゃないかしら」と妻。

「かわいそうに…」

なんて、日本では視覚障がい者だとわかるとそんな言葉を知らない人にいきなりかけられてぼくも戸惑《とまど》うことがあります。正直、答えに窮《きゅう》して複雑な気持ちになります。視覚障がい者であることは、そうか「かわいそう」なことなんだなと改めて思ったりします。

「こちらではそんなことを言う人はいないのではないかしら？」

妻の言葉に「そうかもしれない」とうなずいている自分がいました。

そもそも、ナポリの近くに一世紀に存在した都市国家ポンペイの壁画には、視覚障がい者の男性と歩いている犬の絵があり、盲導犬の起源と言われています。

この国では、そんな長い歴史の中で培《つちか》われた、心のバリアフリーが人々の心に根づいており、障がいがあってもなくても堂々と生きられるのかな、そんなことを思いました。

――全盲《ぜんもう》でダイビング（ハワイ）――

二〇〇五（平成十七）年に訪れたのは、妻が二十三歳、ぼくが二十六歳の時、一度だけ新婚旅行で行ったことがあったハワイです。

入国手続きの税関はギャグ満載で笑わせてくれます。いきなり「オッハー！」と陽気に声をかけられ、笑っているうちに指紋《しもん》と顔写真を取られてしまいました。こんなところでもお国柄が感じられます。

昔からの観光地だけにどこへ行っても人に優しく、道路には点字ブロックもあります。遠浅の浜辺で、久々の海水浴は実に気持ちいい。遠浅だからと、調子に乗っていると、方向がわからなくなります。妻が、視覚障がい者がダイビングをしているのを見つけました。同じ視覚障がい者としては何となくその気持ちがわかります。一切のものからも自由になり、全身、海に包まれたいという感覚が。ぼくにもう少し、時間と勇気と若さがあれば、ぜひダイビングにも挑戦してみたいです。

ゴッホが精神病院で見た風景(南フランス)

二〇〇八(平成二十)年、わたしたち家族にとって二度目のフランスは、南フランスを訪れました。ゴッホ、セザンヌ、ピカソ、ルノワール、シャガール、南フランスではぼくたちは五人の画家のゆかりの地を訪れました。ガイドは在住の日本人画家で、彼もこの地に魅せられてしまった人で、説明にも熱が入ります。

ゴッホといって頭に絵が思い浮かぶのは、有名な『夜のカフェテラス』。わたしたちも実際にそのカフェ、アルルにあるその名も「カフェ・ヴァン・ゴッホ」に行きました。昼間で、観光客が大勢いる中、コーヒーを飲みました。彼が晩年に一時期入院した、サン・ポール・ド・モゾル修道院の中にある精神病院も見学に行きました。彼はこの場所に入院してから二年後、三十七歳の短い生涯を猟銃《りょうじゅう》自殺で閉じたのです。

ここは人里離れた郊外です。今は見学コースになっているゴッホの病室に入ると、せまい部屋にはベッドが置かれ、窓には鉄格子《てつごうし》がはめられていました。

病院の中庭を歩くと、ラベンダーの強い香りが鼻腔《びこう》をくすぐります。

辺り一面はのどかな雰囲気で、蝉《せみ》の鳴き声が響いています。日本の蝉《せみ》とは種類が違うのでしょう、初めて聞く鳴き声でした。南フランスでは蟬《せみ》の置物がよく土産物店《みやげものてん》に売っています。フランスでは南フランスにしか蟬《せみ》がいないそうで、幸福の象徴《しょうちょう》とされているのです。生命力あふれる蟬《せみ》の大合唱を聞きながら、ゴッホが病室から見た風景を想像しました。

ピカソ美術館では、次女がぼくと一緒に回り、絵について説明をしてくれました。思えば、幼い頃は一緒に海外で美術館に行っても、美術が好きな長女ほど関心を示さず、飽きている様子だった次女も今や高校二年生。やっと一緒に絵を見られるようになったんだな、一緒に旅をして本物を見せてきて良かった、と娘の成長をうれしく感じました。

妻が説明をしてくれることもあります。言葉や表現力はやはり妻のほうが上でしょう。でも大人はどうしても知識があるために、自分の考えや先入観を持っているのに対し、子どもは見方が素直で、知識もないぶん先入観もなく、表現がまっすぐで面白いのです。

次女も、興味がない絵だと「変な絵だなあ…」と絶句します。「どう変なんだ」とぼくが聞けば、「なんか変な人がいて」と見たままを素直に説明してくれます。気に入った絵は、「こういう背景で人が何人いて何色で」と構図を一生懸命説明します。言葉はつたなくても、生き生きとぼくの頭の中に絵の世界が広がります。

バイク好き、車好きの血が騒ぐ（モナコ）

続いて訪れた隣国、モナコは世界で二番目に小さい国、国連加盟国の中では最小であるそうです。小さな国なので、半日で回れてしまいます。

カジノやF1モナコグランプリ、WRC（世界ラリー選手権）・モンテカルロ・ラリーが開催されることで有名です。モナコは国全体が、レース場。大公宮殿から見下ろすコースの説明を聞くとぼくの血が騒ぎます。

ぼくは、目が見えていた時、相当なバイク好き、車好きでした。若い頃は休みのたびに、バイクで秩父《ちちぶ》の山へツーリングに出かけていました。失明してバイクも車も運転できなくなった時、ぼくは自分のアイデンティティーの一部が大きく欠落したような深い哀《かな》しみを感じました。

ここでF1レースを観戦したなら、眠っている血が騒ぐだろうな。空気を突き破るエンジン音とガソリンの匂いだけでも十分にレースを楽しめると思いますが、やはりこの目で見られない悔《くや》しさに、いたたまれなくなるでしょう。レースにぶつからなくて良かったと、不思議と安堵《あんど》しました。

ニース、カンヌ、モナコとも高級リゾート地です。ゆえに物価が高く、ぼくのタバコも五ユーロ（二〇〇八年八月当時、約八五十円）もしました。ちなみにユーロ紙幣《しへい》は縦横の長さが額面によって異なるユニバーサルデザインで非常に使いやすく感じます。日本の紙《し》幣《へい》は、横の長さだけが違い、一万円札《さつ》・五千円札《さつ》・千円札《さつ》が約五㎜ずつ短くなっています。もちろん、新札《しんさつ》には凹凸《おうとつ》がありますが、それを活用できないし、活用している視覚障がい者に会ったことがありません。お札《さつ》ごとに折り方を変えて、財布の中に区別して入れることで対処しています。二千円札《さつ》は、五千円札《さつ》と千円札《さつ》の中間の長さのため、非常にわかりにくく視覚障がい者泣かせです。あまり流通しなくて良かったと思います。

―十年間の家族の旅―

「どこの国でもわたしがちゃんと案内しているのに、バスの運転手さんは、『ステップ！ステップ！』って手を差し伸べるよね」

ぼくを手引きしている娘がうれしそうに言います。

ヨーロッパやオーストラリアの人は、言葉と態度が連動できているようでした。

「お手伝いしましょうか？」

最近では日本でも声かけをしてもらうことも増えてきましたが、まだ黙ってよける、黙って手を引くというのは以前とあまり変わりません。日本では、スーツを着ている時と、普段着の時でも、相手の対応が面白いように変わります。スーツを着ていると、「この人は盲導犬を連れているけど、ちゃんと職に就《つ》いている人なのだろう」と思うのか丁寧に声をかけられ、カジュアルな格好をしているとややぞんざいに対応される、または無視されます。海外では、だいたいカジュアルな服装ですが、見た目で判断されているように感じたことはほとんどありません。それにヨーロッパやオーストラリアでは、まず挨拶《あいさつ》して声をかける、手を引くという一連の動作が、自然にできるように感じます。気軽に挨拶《あいさつ》を交《か》わす文化というか、コミュニケーションを大切にする文化の違いがあると思いました。

アメリカの盲導犬協会（The《ザ》 Seeing《シーイング》 Eye《アイ》 Inc.《インク》）は、充実した施設《しせつ》とグラウンドを持っており、そこで繁殖《はんしょく》・飼育・訓練・引退犬の世話まで、総合的にひとつの施設《しせつ》で行っているようです。運営にあたっても、資金的には恵まれているようです。イギリスの場合も同様だと聞いています。ところが、日本は、繁殖《はんしょく》・飼育・引退犬の世話は、一般家庭のボランティアに頼っているのが現状です。また、運営資金源も、その多くが募金に頼っているようです。

以前、アメリカ・ボストンの大学に音楽留学している日本人の若い女性が一時帰国している際に会う機会がありました。彼女は弱視《じゃくし》で、ボストンは都会で心配なので、アメリカで盲導犬を受けたそうです。

彼女と会った時には、The《ザ》 Seeing《シーイング》 Eye《アイ》出身のグロリアと一緒でした。さながら、アイメイト協会出身・クロード VS《ヴァーサス》 The《ザ》 Seeing《シーイング》 Eye《アイ》出身・グロリア、になってしまいました。

盲導犬日米対決はアイメイト協会、クロードの圧勝だと思いました。

アメリカは気軽に挨拶《あいさつ》を交《か》わすお国柄、犬を見れば、必ず頭をなでたり、時には食べ物を与えてしまうようです。盲導犬としては、日本のほうが明らかにしっかりしています。

一方、アメリカでは日本からの留学生にさえ、しかも弱視《じゃくし》の人に、盲導犬を与えてくれる。アメリカは大したものだと思いました。

日本の場合は、盲導犬を受けようとすると、身体障害者手帳一級で十八歳以上など、制約と申請手続きが複雑で時間がかかります。

世界には、バリアフリーという潮流《ちょうりゅう》にまだまだ追いついていない国もあるようです。

日本語研修の先生をしているという中国人男性と秩父《ちちぶ》で知り合いました。彼の話では中国では今でも視覚障がい者はこもりきりで、家から全く出ない人もいるというのです。

「中国では盲導犬も普及《ふきゅう》していないし、視覚障がい者のための社会ではない。白杖《はくじょう》を手に街を歩く人は皆無《かいむ》で、点字ブロックは障害物だらけ」ぼくは実際に行ったことがありませんし、地域差もあるかもしれませんが、話を聞くかぎり、中国人の視覚障がい者はかなり不便な生活を送っているようです。また、日本の視覚障がい者の多くが、中国伝来《でんらい》の按《あん》摩《ま》・鍼《はり》・灸《きゅう》の技能《ぎのう》を修得《しゅうとく》して、その職業に従事《じゅうじ》している割合が高いのに対して、本家中国がそうでもないのも不思議な感じがします。

十年間に及ぶ海外旅行を通じて今思うのは、「家族が共有体験を持つ」ことの大切さです。家族みんなで旅の思い出話をする、次の行き先の希望を話し合う、みんなで共通の話ができることはとても幸せです。

視覚障がいを持つぼくと家族が海外旅行を重ねることで、家族みんなで達成感を味わうことができ、次への自信や興味につながりました。

子どもたちも大きくなるにつれて、一人一つのトランクを持つようになり、少しは自立につながったように思います。子どもたちは三人とも、英語と世界史に深い興味や関心を持つようになりました。旅行の後、長男がオーストラリアに、次女がイギリスにとホームステイに行きました。

子どもたちも大きくなり、家族旅行がこの先何年続くかわかりません。でも、ぼくも妻も日常にちょっと疲れた時、これからもこの元気になる魔法の言葉を唱《とな》え続けるでしょう。

「次は、どこの国に行こうか？」

第6章 希望の扉

―さようなら、クロード―

「クロード君はずいぶん白内障《はくないしょう》が進んでいますね。かなり見えづらい状態だと思います」

二〇〇七（平成十九）年の秋、定期健康診断で盲導犬クロードの診察をした獣医はぼくにそう告げました。

悲しい話ですが、クロードと同じラブラドール・レトリーバーの寿命はだいたい十四歳前後です。盲導犬としての役割を果たせるのは健康な犬でも十二歳くらい（人間で言うと

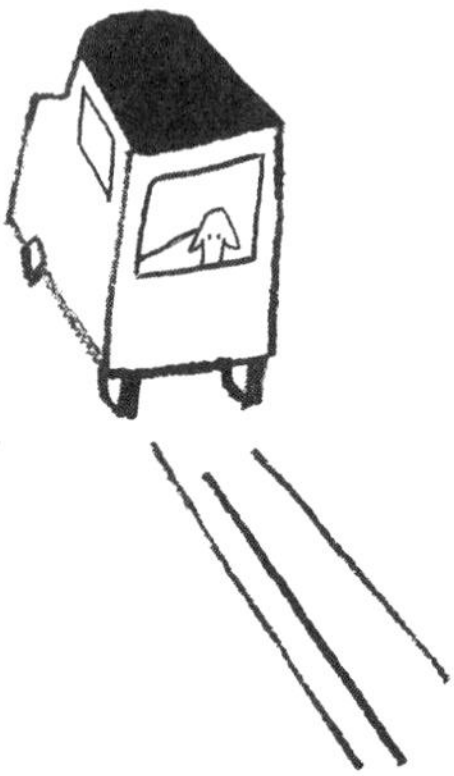

六十四歳くらい）までとされているので、だいたいの盲導犬は早ければ九歳、そして十歳、十一歳くらいで引退します。犬も人間と同じで年齢を重ねると足腰が弱くなって疲れやすくなり、白内障《はくないしょう》が出たり、耳が遠くなったりするのです。

ぼくの最良のパートナーとして九年間をともにすごした盲導犬クロードはもうすぐ十一歳、人間の年齢で言えばちょうど還暦《かんれき》の六十歳です。クロードは昔ほどの元気はありませんが健康なので、もう少し一緒にいられるだろうと思っていました。

「この頃、なんだかクロード、疲れてるみたいよ。休日は出かけないで休ませてあげたら」という妻の言葉を思い出しました。

クロードは、盲《もう》学校まで往復五時間の道のりを三年もの間、ケガや病気で一日も休むことなく、ぼくと一緒に歩き続けてきました。

「そろそろ、クロードを引退させてあげましょう」

アイメイト協会の指導員の先生に相談すると、クロードの引退後の手続きと、新しい盲導犬の手配をしてくれることになりました。

盲導犬の最大の役割は使用者に安全な歩行を提供することです。が、それができなくなったら引退せざるをえません。万一、事故でも起こしたら、人命に関わる事態《じたい》にもなりかねません。

これ以上、クロードに仕事をさせるわけにはいかない、とぼくも決心しました。

クロードの引退と我が家を去る日が近づくにつれて、ぼくも家族もつらくて何も手につかない日々が続きました。

ふと、まだぼくの目が見えていた頃のことを思い出しました。その夜、家族でテレビを見ていました。リタイアした盲導犬が北海道《ほっかいどう》の老犬ホームに引き取られていくドキュメンタリーです。そのころは将来、盲導犬と暮らすことになろうとは想像だにしませんでしたが、幼い長女がわんわん泣いていたのをなぜか鮮烈《せんれつ》に覚えています。

最後までわが家でクロードの世話ができたらいいのに……とも思いましたが、それはできません。人間の介護《かいご》と同様、犬の介護《かいご》は重労働で、視覚障がい者が仕事を続けながらやれるほど生半可《なまはんか》なものではありません。それに、ぼくにはまだこれからも盲導犬が必要です。

ぼくが万一、クロードを飼えたとしても、飼い主で元使用者であるぼくがクロードの目の前で、別の新しい若い盲導犬にハーネスをつけることになります。クロードにとってこれほどつらく残酷《ざんこく》なこともないでしょう。

ほとんどの盲導犬は、引退したらリタイア犬ボランティアの家庭に引き取られ、静かな老後を送るというのが一般的です。そして、視覚障がい者には新たな盲導犬との出会いが待っています。それが、使用者と盲導犬との間のルールであり、定めなのです。

我が家は動物好きで、昔からペットの犬や猫を飼ってきました。が、必ず訪れる別れの時はいつもつらくてたまりませんでした。でも、クロードはまだまだ元気。盲導犬としての仕事はできなくても、これから普通の飼い犬としてのんびりと暮らす第二の人生が待っているのです。そう思って、温かく送り出してあげようと思いました。

そして、その日はついにやってきました。

クロードがアイメイト協会に引き取られていく朝、見送ったのはぼくひとりだけでした。妻も子どもたちもぼくの両親も、昨日《きのう》までは一緒に見送ろうと話していましたが、いざ別れの段になると顔を出しません。「クロードと別れるのがつらい」と、外に出てこられないのです。

幼い頃からクロードと兄弟《きょうだい》のように仲が良く、誰よりもクロードを可愛《かわい》がっていた小学六年の長男さえも自室から出てきません。

ぼくはひとりでクロードが車に乗せられるのを見届けました。

「クロード…」

クロードの頭をなでると、いつものように元気にぶんぶんと尻尾《しっぽ》を振ってぼくに体を擦《す》り寄せてきました。クロードはその時は、ぼくたちが旅行にでも出かけるので預けられるのだろうと思っていたのかもしれません。そう思うと、胸が痛みます。クロードが一瞬《いっしゅん》、ぼくを見つめたような気がしました。

クロードを乗せた車が去ると、部屋から出てきた長男は「行っちゃったの…」とぽつんとつぶやきました。


幸《さいわ》いクロードは、育ての親とも言える飼育ボランティア（パピーウォーカー）の家庭に再び引き取られることになりました。飼育ボランティアとは、将来盲導犬になる子犬を約一年間、家族の一員として育てる家庭のことです。

「クロードが引退する時は引き取りたい」

クロードが生まれた時から一年間ほど育て、面倒を見てきた飼育ボランティアの方の言葉に「良かった」と安堵《あんど》し、ずっとクロードのことを思ってくれていたのだ、と胸が熱くなるのを抑えきれませんでした。

飼育ボランティアといえば、今年（二〇〇九年）一月、アメリカのUSエアウェイズ機の不時着事故で乗客乗員百五十五人全員を救助に導き「ハドソン川の奇跡」と世界中から賞賛を集めたチェズレイ・サレンバーガー三世機長のご家庭も、盲導犬の飼育ボランティアをしていたと新聞記事にありました。

サレンバーガー機長の冷静沈着《れいせいちんちゃく》な手腕《しゅわん》が惨事《さんじ》を防いだとされていますが、ぼくは機長と奥さまの会見を聞いてご夫婦の人柄にも深く感銘《かんめい》を受けました。

機長の一家は、これまで飼育ボランティアで二匹の盲導犬を育て、繁殖《はんしょく》ボランティア（素質と血統の優れた繁殖犬《はんしょくけん》を預かり、生後二ヵ月くらいまで育てる）もされていたそうです。生まれてから一歳くらいまでの期間は、盲導犬となる子犬にとって、人への信頼感が育《はぐく》まれる大切な時期です。その時期を、サレンバーガー機長のように人間的にも素晴らしい人のご家庭で育てられたら、きっと素晴らしい盲導犬に成長することでしょう。

飼育ボランティアは、日本でも人気があります。子犬の可愛《かわい》い時期を育てるので、楽しみと喜びが大きいことも人気の理由とのことです。

かたや、常に不足しているのは、引退した盲導犬を引き取り、最期まで看取《みと》るリタイア（引退）犬委託《いたく》のボランティア家庭です。

リタイアした盲導犬用の施設《しせつ》（老犬ホーム）は日本ではまだ、北海道盲導犬協会と日本盲導犬協会の二つの施設《しせつ》のみで、ほとんどのリタイア犬はボランティア家庭に引き取られるのだといいます。

また、一般的にはリタイアした盲導犬が、飼育ボランティア家庭に戻る例は少なく、クロードが飼育ボランティア家庭に戻ったのは非常にまれなケースとのこと。

人間と同じで晩年の介護《かいご》は大変。それに何よりかけがえのない大切な存在（盲導犬）が亡くなるのを看取《みと》ることほどつらいものはありません。しかし、その一生を盲導犬として重大な責務《せきむ》を果たしてきた犬の引退後をともに過ごすことは人間に多くのことを教えてくれるに違いありません。

今、クロードは飼育ボランティアの家庭できっと幸せな生活を送っていることでしょう。

ぼくは本当はクロードに会いたくて仕方ありません。

「クロードは今、一番心が落ち着く場所にいます。クロードのためには、新井さんが会いに行かないほうがいいのです」

アイメイト協会の担当者はぼくにきっぱりと言いました。今ではその言葉に深く納得しています。

クロード、九年間お疲れさま。厳しい道のりだったけど、おまえといつも乗り越えてきたよな。本当にありがとう。

普通中学の教師になる

二〇〇七（平成十九）年の冬、クロードが我が家を去るとすぐに、新たなぼくの支えとなりパートナーとなる、盲導犬マーリンとの出会いが待っていました。

ぼくはクロードの時と同じように、アイメイト協会の盲導犬訓練所に合宿をしてマーリンと一緒に訓練を受けました。

クロードはやんちゃで勇敢《ゆうかん》な犬でしたが、どうやら今度のマーリンはおとなしくて誠実でまじめに仕事をこなす性格のようです。優等生タイプの盲導犬らしい盲導犬だな、というのが第一印象でした。

一緒に厳しい訓練を受け、世話をしてやり、二十四時間ともに生活をしているうちに、マーリンの穏《おだ》やかで優しい性格がわかり、お互いに愛情と信頼関係が徐々に生まれてくるのを感じました。

「来年度から新井さんは、長瀞《ながとろ》中学校に異動になることが決まりました」

マーリンがぼくのパートナーとなった翌年、ぼくにとって新たな希望の扉が開くことになりました。

三月のある日、盲《もう》学校で教鞭《きょうべん》をとるぼくの元に、学校長を通じて教育委員会から連絡が入ったのです。

その時のぼくの気持ちを何と表現したらいいのでしょう！

全盲《ぜんもう》となり、養護学校、盲《もう》学校と勤務して九年。そのぼくが再び、普通中学の教壇《きょうだん》に立つことになったのです。うれしさと喜びと不安と心配…、諸々《もろもろ》の感情が交錯《こうさく》します。全《ぜん》盲《もう》のぼくが普通中学で教えるなんてできるだろうか？　できるはずと思い、いやできないのでは、と心が揺れます。心が揺れたら、逃げずに果敢《かかん》に立ち向かうほうをぼくは選ばなくてはなりません。全盲《ぜんもう》となり、一度あきらめかけた教職に戻れた時、ぼくはこの先いかなる困難が待っていようとも、自分にできることで求められることはとにかく全身全霊《ぜんしんぜんれい》で受け入れるようにしよう、と決めたのです。

「社会に出たら目が見える人たちと一緒にやっていかないといけない。怖れてはいけない。それが障がい者の社会参加なんだ」

そう言って、ぼくは盲《もう》学校で生徒たちを励ましてきました。その言葉を今度はぼく自身が実践《じっせん》する番です。ぼくの挑戦が生徒たちや障がい者の人たちに少しでも勇気を与えることにつながってくれたらどんなにいいだろう。

「見えないからこそ、できることがある。教えられることがある」

そう自分を奮い立たせ、新天地での挑戦に胸を躍らせました。

今回のぼくの普通中学への異動については、実は「伏線《ふくせん》」がありました。

「視覚障がいのある教員が、皆野《みなの》駅から毎日二時間半、往復五時間をかけて川越《かわごえ》の盲《もう》学校まで通っている。危険も伴《ともな》うし、見ていてしのびない。何とかもっと近い学校に転勤できないものか」

当時、自宅のある皆野《みなの》駅で駅員をしていた方が、日々、通勤するぼくの姿を見かねて、少しでも多くの人々の理解と共感を得られたらと長瀞《ながとろ》町の公民館で三十人ほどを集め、ぼくの講演会を開いてくれました。

それを機に、少しずつ小学校や中学校などから呼ばれて話をさせていただく機会が増えました。

「自分が何かのお役に立てるなら」

どんなに小さい集《つど》いの場でも呼ばれれば出かけて話をするようになりました。

四年後、ぼくのことがさまざまな人たちを経由して、やがて埼玉県の上田清司《うえだきよし》知事の耳に入ります。

「県や市町村の教育委員会が真剣に取り組んでほしい」

上田知事は自ら秩父《ちちぶ》の教育委員会に働きかけました。

「全盲《ぜんもう》の先生を、地元の中学校の教壇《きょうだん》に何とか立たせられないだろうか」

そのことを知り、すぐに「ぜひ、うちに」と名乗り出てくれたのが長瀞《ながとろ》町の大澤芳夫《おおさわよしお》町長でした。

「町長、議会に相談しなくて大丈夫ですか？」

周囲が心配して言うと、断言したそうです。

「大丈夫、何とかなるでしょう。新井さんは中途失明で大変苦労をされている人です。そういう新井さんを教員として迎えることで、長瀞《ながとろ》の子どもたちは人に接する思いやりを身につけることができるはずです」

実は、大澤町長の決断の裏には、ぼくも知らない理由があったのです。

それは、前述の皆野《みなの》駅の元駅員の方が開いてくださったぼくの講演会に、大澤町長ご夫妻も招待されていたのです。その時、奥さまは涙ながらにぼくの話を聞いてくださったそうです。

その時のぼくの話を町長も覚えていて、秩父《ちちぶ》の教育委員会から話があった時、「ああ、あの時の先生か」と、その場で手を挙げてくれたというのです。

「新井先生の生き方を示すことが、きっと子どもたちの教育につながる。喜んで受け入れましょう」

町長の意向を汲《く》んで、受け入れを快諾《かいだく》してくれたのは長瀞《ながとろ》町教育委員会でした。

ぼくの長瀞《ながとろ》中学校への異動が決まったことで、妻は喜びました。長年、盲《もう》学校まで長時間通勤をしていたぼくの身を案じていたからです。でも同時に、妻自身が教員として普通中学の忙しさや大変さを熟知していたので、ぼくが普通中学で教えることはさらに大変なのでは、とひそかに心配していました。

家族と同じように、ぼくの長瀞《ながとろ》中学校への異動を喜んでくれたのは、ノーマライゼーション・教育ネットワークの会員の方々です。ぼくがここまで教師を続けてこられたのは、会員の方々の支援《しえん》があってのことです。途中、代表であった宮城道雄先生が、事情があり会を辞《や》められて、会の存続《そんぞく》の危機《きき》もありました。しかし、ぼくの念願《ねんがん》である「普通中学教職への復帰」を実現させたいと支援《しえん》してくださる方々がいてくださり、会も存続《そんぞく》することができました。会員の方は団塊《だんかい》の世代《せだい》が多く、教職を退職されると会も辞《や》められる方が多いのです。そのような中、退職後も会に残り、活動してくださる方々には頭が下がる思いです。

現在は、東京都内の公立小学校を退職された石塚忠雄《いしづかただお》先生が、事務局長を務められています。月一度の定例《ていれい》会議、夏の総会、通信の発行、教育委員会との話し合いが主な活動です。ぼくの普通中学教職復帰も会の中心課題として、取り組んでいただいた結果です。

会の皆さんには、昨年（二〇〇八年）、二度ほど長瀞《ながとろ》中学校を訪れていただき、四月には学校の様子と長瀞《ながとろ》の桜を、十二月には授業参観とぼくの仕事ぶりを見てもらい、その喜びを分かち合うことができました。

―盲導犬マーリンと再出発―

二〇〇八（平成二十）年、四月一日付でぼくは正式に埼玉県秩父《ちちぶ》郡長瀞《ながとろ》町立長瀞《ながとろ》中学校の教諭となりました。

埼玉県と長瀞町《ながとろ》は、ぼくを受け入れるにあたり、駅から中学までの歩道に点字ブロックを敷設《ふせつ》し、横断歩道の信号機を音声式にするなど、環境整備を進めてくれました。テストの採点など視覚障がい者にとって難しい仕事は、別の教師がカバーするチーム・ティーチングを導入し、授業は二人体制をとることにしました。

長瀞《ながとろ》中学校では四月一日に生徒が花道《はなみち》を作って新転任の先生を拍手で迎えるのが慣例《かんれい》です。この日も全校生徒が花道《はなみち》を作り、大きな拍手でぼくたちを迎え入れてくれました。花《はな》道《みち》の先では高田忠一《たかだちゅういち》校長がぼくを迎え、歓迎の握手をしてくれました。

「ようこそ。新井先生、子どもたちも教職員も歓迎していますよ。新たなスタートを切る今の気持ちを持続して、子どもたちのために頑張ってください」

感激のあまり、涙をこらえるのに必死でした。

最初の職員会議が始まりました。

「埼玉県立盲《もう》学校から転任してきました新井淑則です。新任のつもりでがんばります」

挨拶《あいさつ》をして、席へ着きました。

先生方の視線を感じます。初めて視覚障がい者の教員と接するので「どうなるのかな」と戸惑《とまど》っている様子がこちらにも伝わってきます。

「どこに行きますか」

「どうしましたか」

ぼくが動いたり、何か探しているとすぐに先生方が声をかけてくれます。気を遣《つか》ってくれているんだと思いました。

長瀞《ながとろ》中学の職員室の雰囲気《ふんいき》はとても明るい。明るいから、生徒たちも気軽に訪ねてこられるのだな。本当にいい学校に来たと思いました。

最初の授業

いよいよ普通中学で、ぼくの新たな教師生活がスタートしました。ぼくが担当するのは、中学一年生の国語です。

最初の授業、ぼくは盲導犬マーリンと教室に入ります。ぼくの後ろからチーム・ティーチングのパートナーの先生である小菅《こすげ》先生が見守るように入ってこられます。

中学校に入学したての生徒たちです。生徒たちにとっては、全盲《ぜんもう》の先生が盲導犬と一緒に教室に入ってくるなんてことはおそらく初めての経験であることでしょう。緊張している様子がありありと生徒たちの息づかいを通してわかります。もちろん、全盲《ぜんもう》の教師が、盲導犬を伴《ともな》って、中学校の教壇《きょうだん》に立つのは全国でも初めてのことだと思います。

ぼくが教壇《きょうだん》の下にマーリンを座らせ、一礼《いちれい》をすると、「お願いします」と生徒たちの声が響きました。一ヵ月前までは小学生だった生徒たち。まだ、幼くて可愛《かわい》い声です。

ぼくは生徒たちの元気でまっすぐな声を聞いて、なつかしく胸が震えるのを感じました。ああ、ぼくはまたこの場所へ帰ってきたんだな。よし、やるぞ、と勇気が湧《わ》いてきます。

ぼくは黒板に磁石式の長い定規を貼《は》りつけ、まっすぐになるようにして、黒板に自分の名前を書きました。小さなどよめきが起きました。目の見えない先生が黒板に字を書いている、とそれが生徒たちには驚きなのです。

この日の授業で話すことは、前もって考えて決めていました。

「ぼくは皆さんの姿が見えません、声だけが頼りです」

ぼくは自己紹介をして、国語の授業の進め方を説明します。

生徒たちにも自己紹介をしてもらいました。教壇《きょうだん》の前に出てきてもらい、ぼくが向けるＩＣレコーダーに生徒一人ひとりの声を録音することにしました。生徒たち全員の声を録音して、それぞれの名前を覚えるためです。

「ぼくは漢字が苦手です」

「わたしは国語が苦手です」

ぼくも失明してからは普通中学での初めての授業、生徒は新入生、おまけにＩＣレコーダーを向けられて生徒たちは緊張したと思います。ぼくは生徒一人ひとりの声を聞きながら、この生徒たちのために全力をそそいで教えようと改めて思いました。

ぼくは長瀞《ながとろ》中学校へ転任が決まった時から、最初の授業では「物の見え方、物の見方」をテーマに授業をやると決めていました。見えないぼくが、「物の見え方」について授業をするなんて、おもしろいでしょう。日頃ぼくが考えていることを生徒とともに考えてみようと思いました。

まず、ぼくはパソコンとプロジェクターを使い、トリックアート（だまし絵）で有名な『婦人と老婆《ろうば》』を黒板に映し出しました。

「さあ、これはいったい何に見えますか？」

とぼく。ざわめく生徒。

「おばあさんの顔」

と生徒。

「女の人の横向きの顔」

「えー、わからないよ」

「あっ、見えた」

さらに、もう二つのトリックアート（だまし絵）を紹介しました。そして、誰しも「若い女性」と「老婆《ろうば》」を同時に見ることはできないこと、見ようとしなければ何も見えないことを伝えました。

次に白紙を生徒全員に配りました。

「紙の中ほどに○を、そこから十㎝離れた右側に×を書いてください。そして、左目を隠して、○を見ながら、紙を少しずつ顔に近づけていってください」

「あっ、×が消えた！」

と生徒。

「それが盲点《もうてん》です。〝マリオットの盲点《もうてん》〟（注視点《ちゅうしてん》の外方《がいほう》約十五度、下方《かほう》約三度の位置に直径《ちょっけい》約五度の大きさを持つ、ほぼ円形の視野欠損部《しやけっそんぶ》）と呼ばれます。人は全て見えていると思っていますが、誰しも見えない部分があるのです。全てが見えているというのは錯《さっ》覚《かく》なのです」

最後に、十円玉を手に、黒板に「十円玉は長方形である」と書きました。

「さあ、これは正しいでしょうか、間違いでしょうか？」

生徒たちの意見が飛び交います。

「気づきましたか？　そうですね。十円玉を真横から見れば、長方形です」

十円玉は円形というのが一般的ですが、物事は常にいろいろな角度から見てほしいと伝えます。

この一連のやりとり、ちょっと国語の授業とは、かけ離れた内容ですが、ぼくが最初に考えた授業です。見えないぼくが、あえて物の見え方、物の見方、そして盲点《もうてん》を伝えました。物事は意識的に見ようとしなければ、見えてこないということ、見えていると思っていても、盲点《もうてん》と言って見えていない部分があること、物事はいろいろな角度から見なければわからないことを、簡単な実験から体験してもらった授業でした。

その後ぼくは、特技の「リンゴの皮むき」を生徒たちの前でも披露《ひろう》しました。

一度覚えたり身につけたものは、たとえ目が見えなくなっても体が覚えています。だから、黒板にも文字がすらすらと書けるのですと。「なるほど」と生徒たちも感激の声を上げます。

そんなことも生徒たちにとっては驚きのようでした。

これから全盲《ぜんもう》のぼくと接するうちに、これまで気づかなかったことが見えてくるかもしれません。これまでの先入観や偏見《へんけん》に捉《とら》われずに、自分の頭で考え、新しい視点や価値観を発見してください…、そんなような話をしました。

ぼくの言葉に一つひとつ素直に感動し、一生懸命考えながら自分の考えを述べる生徒たちの声を聞き、「ああ、今、ぼくは中学校の教壇《きょうだん》に立っているんだな」と実感が湧《わ》いてきました。

人に支えられて教壇《きょうだん》に立つ

視覚障がいを持つぼくが再び中学校の教壇《きょうだん》に立って、改めて、自分という存在が多くの人に支えられていることを実感することになりました。

校庭や廊下や教室内はマーリンがいるのでひとりでも歩けます。

授業でも、生徒たちが自分たちから点呼《てんこ》を始めてくれるので出欠をとることもできます。

ICレコーダーで録音した生徒の声は自宅で何度も聞いているので、声で誰かを判別することもできるし、生徒の机の下に点字シールを貼《は》ってあるので誰の席かもすぐにわかります。

教科書は点字本と録音の声が入っている教材を両方併用《へいよう》して読みます。

音声ソフトの入ったパソコンを使い、授業用のプリントやテストの作成も成績処理も可能です。

また、パソコンであらかじめ作成した資料を、授業中にプロジェクターを使用して映し出すことも可能です。

全盲《ぜんもう》のぼくが想像以上にいろいろなことができることは、生徒たちにとっても、また先生方にとってもきっと驚きだったかもしれません。ぼくが反対の立場でもおそらく驚いたのではと思います。視覚障がい者のぼくを見て、さまざまなことを感じてもらえたら、それだけでもぼくが普通中学で教鞭《きょうべん》をとる意味がきっとあるに違いありません。

しかし、視覚に障がいのあるぼくには残念ながらできないことがあります。

教材の準備やテストの採点、授業中に生徒が書いている内容を確認したり、誰が挙手《きょしゅ》しているのかを見たりといった視力を必要とするものはひとりでは難しい。そうした部分は、どうしてもパートナーの先生や朗読《ろうどく》ボランティアの方のサポートが必要です。

チーム・ティーチングという形式でぼくを支え、ペアを組むのは、教員歴二十七年の落合賢一《おちあいけんいち》先生、二十三年の小菅恭青史《こすげたかとし》先生、十五年の瀧口亜季《たきぐちあき》先生。三人とも経験豊かなベテランの国語教師で、他の学年の国語の授業や、それぞれ学年主任・教務主任・担任の仕事も受け持っています。

最初の頃、パートナーの先生たちは三人ともあくまでもぼくの補助役に徹しようとしていました。授業中も常にぼくのほうを見て、ぼくが何をしたいかを考えて手助けをし、自分たちはでしゃばらないように、話をしないようにと気を遣《つか》っていました。

ところが、授業を進めていくうちに、質問をしても生徒の反応がない、黙ってしまうという場面に出くわすことがたびたび起こるようになってしまいました。

「どうして生徒は黙ってしまうんだろう？」

ぼくには理由がわかりません。授業がスムーズに進まず、ぼくは悩みました。

「生徒たちもちゃんと新井先生の質問には答えたい。でも、何と答えていいかわからないようだ」

「質問がわからないとき、『もう一度質問してください』と言いたくても言えない雰囲気《ふんいき》が新井先生の授業にはあるのではないか」

「生徒たちは新井先生に決して反抗していたり、不満があるのではない。授業を一生懸命受けようとしているんです。問題なのは、その生徒たちの気持ちをこちらがより理解してあげられないこと…」

放課後に毎日行う、国語のチーム・ティーチングの教師四人の反省会で、パートナーの先生たちからさまざまな意見が飛び出しました。現状では良くないのでは、という結論になり、改善策を出し合いました。全ては、生徒たちにより良く、より深く授業を理解してもらうためです。力のつく授業になるようにと皆、真剣で、時には互いに厳しい指摘やアドバイスも飛び交います。

その結果を踏まえて、今後は、パートナーの先生もぼくの授業をより積極的にサポートするために、授業中に声を出すようになりました。

授業中、ぼくの質問にもし答えられずに黙ってしまった生徒がいる場合は、パートナーの先生がぼくの質問の意味を再度教えたり、違った角度から説明する。

「生徒たちがわかっていないようだから、新井先生、もう一回質問をしてもらえますか」とぼくに指示してもらうなどを確認し合いました。

そう、一番の原因は、ぼくが見えないために、生徒の顔を見て、質問の内容がきちんと届いているかどうかの確認ができないからなのです。

大切なことは、ぼくのためのサポートではなくて、あくまでも「生徒のためのサポート」を心がけようというスタンス。「お互いに生徒のほうを向いて授業をやろう」と決めてからは授業がスムーズにいくようになりました。つまり、ぼくを「補助する」という感覚ではなく、お互いパートナーとして生徒に向きあう。そうした意識の転換《てんかん》を経て、実際、呼び方も「パートナーの先生」となりました。

ぼく自身、十五年前、普通中学で教えていた頃との指導法や生徒の評価の方法の違いなど、正直ブランクを感じることもままあります。

「見えない」ということより、「ブランク」というハードルのほうがぼくには高いように感じます。ただ、それも、パートナーの先生方からのアドバイスや意見を聞くことで、一つひとつクリアしていくことができると思いますし、これまでもそうして乗り越えてきました。

ぼくとパートナーの先生方の役割は、教育現場の新しい試みでもあると思います。

「二人の教師で一人前」ではなく、「1＋1が2、それ以上の授業効果」を求められています。何より、生徒にとって実りある「授業がわかる。だから授業を受けるのが楽しい」という授業を続けていきたいと思います。

最初の頃、ぼくが範読《はんどく》（教師が生徒の朗読《ろうどく》の手本として朗読《ろうどく》すること）した時には、点字教科書を読みながら朗読《ろうどく》することが上手《じょうず》にできませんでした。

「新井先生、今日の読み方はだめだったよ」

パートナーの先生に指摘され、自宅で何度も朗読《ろうどく》の練習を繰り返しました。

次の授業で、ぼくが朗読《ろうどく》するのを聞いた生徒たちから、「先生上手《じょうず》！」と声がかかり、拍手が湧《わ》き起こりました。朗読《ろうどく》をして生徒たちに拍手をされるとは思ってもみなかったので、恥ずかしいような気持ちでした。が、その日から生徒たちにも変化がありました。授業でも積極的に発言し、大きな声で感情を込めて朗読《ろうどく》できる生徒が増えてきました。詩の暗唱《あんしょう》をする授業でも、一時間で全員が暗唱《あんしょう》することができた時には、パートナーの先生も「すごいことだ」と驚きました。

教えるほうが、一生懸命に伝えようと努力すれば、生徒たちもそれに応《こた》えようと必死になる。そうか、ぼくは生徒を支えているつもりできたけれど、実はぼくも生徒たちに支えられているんだな。彼らのために頑張ろう、そんな気持ちが湧《わ》いてきます。

─思春期の子どもたちに寄り添って─

初めのころは授業中でも緊張してぼくに気を遣《つか》っていたような生徒たちも、そのうちだんだんとぼくの授業にも慣れてくると、おしゃべりが止まらずに、騒がしくなることもたまにあります。

「静かに」

何度か注意しても聞かない時には、「いいかげんにしなさい！」とカミナリを落とします。その時は、生徒たちは驚いて静かになります。かつて、中学の教壇《きょうだん》に立っていた頃も、こんな風に叱《しか》ったものです。

いつしか、生徒たちにとっても、「目が見えない先生の特別な授業」から、「普通の先生の普通の授業」を受けているのと同じ感覚になってきたのか、ぼくも教室で自然な空気を感じるようになりました。

授業中、いくら注意してもどうしても落ち着かない子、私語《しご》が止まらない子などには、個別に関わりを持つようにします。

特に、ぼくは休み時間に生徒と話をするのを大事にしています。マーリンの話、部活の話、時には恋愛の話もします。初めは、先生もそんな話をするのか、と驚く生徒もうれしそうに話してくれるようになります。

なかには家族や友達の悩みなどを打ち明ける生徒もいます。問題を抱えている生徒もいます。みんな自分の話を誰かに聞いてほしいんだな、と感じます。

叱《しか》る時も、一方的に叱《しか》るのではなく、個々に話をして生徒の個性を知り、生徒と教師がお互いに打ち解けていく中で、ぼくの感じたことも少しずつ伝えるようにしています。

また、学校や勉強があまり好きではないという生徒もいます。そんな生徒には、学校生活のなかで、どんな小さなことでもいいから自分のことを知ってもらい、その存在を認めてもらう機会を与えてあげられるように気を配ります。その生徒が好きなものを授業の時に持ってきてもらい発表をさせることもあります。

ひとつでも自分が楽しみや生きがいを持てるものがあれば、自信や勇気や喜びが湧《わ》いてきます。生徒がそれを発見するための手引きをすることも教師の役目ではないかと思っています。


生徒たちは思春期まっただなかの中学生です。日常の生活の中でもいろいろなことが起こります。

ある時、ぼくが見えないから気づかないだろうと、指示に従わなかった生徒たちがいました。それを見ていた生徒たちがパートナーの先生に伝え、教室はちょっとした騒ぎになりました。

指示に従わなかった生徒たちは、休み時間になるとよくぼくのところに寄ってきて話をする子ばかりでした。優しい気持ちを持った、ちょっとお調子者で元気な子たちなので、本当に悪気はなく、ちょっとふざけただけの、軽はずみな行動だったのでしょうが…。

「ぼくはとても残念だ。そんなに深く考えないでやったことだと思うけれど、人の信頼を裏切るようなことは絶対にしてはいけないんだ」

ぼくはクラス全員の前で、正直な気持ちをぶつけました。生徒たちは静まり返って聞いています。その生徒たちだけではなく、みんなで痛みを共有して、人として大切なことをわかってほしいと思いました。

ある程度の信頼関係はできているから、多少きつく叱《しか》っても大丈夫だろうと判断しました。ダメなものはダメとしっかり伝える必要があると思いました。

授業の後、指示に従わなかった生徒たちを個別に呼んで、職員室で話をしました。生徒たちは素直に反省した様子で、「申し訳ありませんでした」と謝《あやま》りました。

その後も、その生徒たちは変わりなく休み時間にはぼくと話をしに寄ってきます。そして前よりもっと積極的に発言するなど、より充実した授業にしようと頑張ってくれるようになりました。

悪気がなくても、つい相手に意地悪なことを言ってしまう生徒もいます。気が優しい子に、容姿《ようし》や性格などについて意地悪な言葉をかけてしまう。あるいは、メールに、直接は言わないような強い言葉を書いてしまう。「バカ」「キモい」といったドキッとするような言葉を、軽い調子で言ってしまう生徒もいます。言われて気持ちのいい人はいませんし、冗談が通じる間柄ならまだ口が悪いですみますが、気が優しい子に言えば、それを深刻《しんこく》に受け止めて人知れず心が傷つき、結果として言葉の暴力になります。

思春期の子どもたちには、誰しも友達付き合いの中でそういうことが多々《たた》あります。互いに傷つけたり、傷ついたりする中で、人との関係を学んでいくのだと思いますが、メディアの影響もあり、「いじめ」の問題となったりして、それだけですまない事態《じたい》さえ引き起こされるのが現代社会の難しいところです。

ぼくは生徒がキツイ言葉を発しているのが聞こえてきたら注意をします。

「おまえ、そんなことを言っていいのか？」と静かに声をかけます。

「そんなことを言ってはダメだ」ではなく、それを言われた人はどう思うのかと、生徒に問いかけます。

キツイことを言った側は、立ち止まり、それが相手にどう伝わるのか考える間《ま》もなく、次の言葉を吐《は》いてしまう。だから、「おまえ、そんなことを言っていいのか？」と一回立ち止まって考えてほしいと口を挟《はさ》むのです。

ぼくが尋ねると黙ってしまう生徒が多いのですが、ぼくもそのままで、それ以上はつっこまないようにしています。叱《しか》ってダメージを与えるのではなく、立ち止まって考える時間を与えたいからです。

障がい者も同じ世界に生きている

ぼくは複数の先生とともに文化部の顧問《こもん》をしています。一年生と二年生を合わせて十五名ほどの部員です。文化部というのは、運動部に入らない運動が苦手な生徒ばかりかというとそうでもなくて、なかには学校外の活動で、クラシックバレエや空手を続けている生徒もいます。

文化祭の発表に向けて、生徒一人ひとりが、手芸や工作、あるいは楽器の演奏などを準備したり、テーマを持って調べる学習をしていくのが主な活動です。

ぼくは、他の顧問《こもん》の先生の協力を得て、文化部の生徒に点字を教えることにしました。点字を学ぶことで、障がい者も健常者《けんじょうしゃ》も同じひとつの社会を構成し、ともに生きていることを意識するきっかけとなってほしい。同時に、健常者《けんじょうしゃ》である生徒が点字を通じて障がい者のことを知り、理解することで、人間としての幅《はば》を広げられるのではと思ったからです。

点字は、一マスに縦に三つの点が二列、計六つの点があります。この六つの点の組み合わせで、五十音全てを表します。ローマ字のように規則性がありますから、点字自体を覚えるのはそう難しくはないかもしれません。

点字が難しいのは、触読《しょくどく》と言い、人差し指の指先で、凸面《とつめん》を読むのに時間がかかります。生徒たちは点字を打つのに興味を示し、次々と点字定規と点筆《てんぴつ》で紙に裏側からポツポツと点字を打っていきました。

「点字を打つのはできるけど、触って読むのはすごく難しい。先生こんなの読めるなんてすごい」と生徒が言います。

最初に取り組んだのは名刺作り。

次に校舎内の教室の入り口のドア全てに点字表示をしてもらいました。これがあれば、マーリンに入り口の戸を探してもらい、ぼくがドアノブの上にある点字で、何の教室か確認できます。

その後、取り組んだのが、絵本の点訳です。

絵本の文字の部分に、点字を打った透明シールを貼《は》っていきます。さらに絵の部分に特《とく》殊《しゅ》なボンドでかたどっていくというものです。そうすれば、見えない人でも、手で触って絵を楽しむことができます。

ひとりの男子生徒は、土家由岐雄《つちやゆきお》の『かわいそうな ぞう』という絵本の点訳に挑《いど》みました。

太平洋戦争のころ、東京の上野《うえの》動物園で起こった悲しい実話を基にした童話です。絵本としては長編です。いきなり難易度の高い絵本に挑戦するのは大変じゃないかなと言うと、「大丈夫、どうしてもこの絵本を点訳したいんです」と言います。無理じゃないか、と思ったのはぼくの杞憂《きゆう》にすぎず、その生徒は最後までがんばってやり遂げました。

作品が完成したら、全員で盲《もう》学校の子どもたちに絵本を届けにいくつもりです。生徒たちが絵本を盲《もう》学校の生徒たちに直接手渡して、相手の反応をじかに感じて、感動を伝える喜び、言葉の持つコミュニケーションの大切さを実感してほしい。それに何より、自分のためだけでなく、他者《たしゃ》のために何かしてあげられるボランティアの喜びや感動を生徒たちに感じてほしいと思います。

そのうえで、もし盲《もう》学校の生徒たちとの交流が少しでも始まれば、それはとても素敵だし、素晴らしいことだと思います。

ぼくは長瀞《ながとろ》中学校に赴任《ふにん》してから、全校生徒にそれぞれのクラスで、ぼく自身の障がいのことや、盲導犬について話をする機会を与えられました。

その成果があって、普段接している中一の生徒や文化部の生徒たちだけでなく、全校生徒が、ぼくやマーリンのことを理解してくれるようになりました。今では、生徒たちは校内で、あるいは校外で会っても、ぼくに声をかけて挨拶《あいさつ》をしてくれます。階段の途中など、「今は声をかけないほうがいいな」と生徒が判断すれば静かに道を譲ってくれます。

生徒たちの、「見えない先生だから、自分にできるちょっとした手助けをしよう」という素直な心遣《こころづか》いがひしひしと伝わってきます。

教師である前に、ひとりの障がいを持つ人間として、ぼくには見えなくて、できない部分もあります。それを今では丸ごと子どもたちは受け入れてくれているような気がします。

―生徒たちからの通知表―

「国語の授業で思ったこと、感じたこと、何でもいいから書いてください」

一学期の国語の授業の最後に、一年生全員に授業の感想を書いてもらいました。

「何でも自由に書いてもらっていいよ」

これは、生徒がぼくを評価する「通知表」です。

職員室で、朗読《ろうどく》ボランティアの方に読んでもらいます。

「最初は目が見えない先生がどのように授業をやるのか不安でしたが、すぐにその不安はなくなりました」

「目が見えないのに、黒板に上手《じょうず》に字を書くので驚いた」

「点字の教科書を、感情を込めて読むのですごいと思った」

「先生の目が見えないぶんだけ、ぼくたちがきちんとやらなきゃ」

「先生みたいに、何があってもくじけない人になりたいです」

「授業がおもしろかった」「楽しくなった」という文が多いのはうれしく、教師冥利《みょうり》に尽きると思いました。

どの生徒も、久しぶりに行ったぼくの授業に好意的な評価をしてくれたので、ホッとしたり、うれしかったり…。

さて、二学期末も同じように授業の感想を書いてもらいました。生徒たちのぼくの授業への評価は次のようなものでした。

「漢字の百問テスト一発で合格して良かった」

「『竹取り物語』の暗唱《あんしょう》や、続きの話を書くのがおもしろかったです」

「期末テストの前に、テスト勉強をしなかったので、結果が悪かった」

朗読《ろうどく》ボランティアの方に読んでもらっているうちに、あれっ?と思いました。

一学期はぼくのことに全員が触れて作文を書いていました。それが二学期には一変して、全員が生徒自身の国語の授業への取り組みを振り返って書いているのです。誰も一学期のように、ぼくのことについては書いていません。

自宅でもう一度、ＩＣレコーダーに録音した生徒たちの作文を聞きなおしていて、はたと気づきました。

ぼくの授業が「全盲《ぜんもう》先生がやる特別な授業」ではすでになくなって、自然に普通の授業を受けている気分で、生徒は自分自身のことについて書いている。そうであれば、ぼくのことについて書く生徒がいないことも納得できます。

「そうか、これでいいんだ」と思いました。

ぼくの授業が普通の授業として受け入れられてきた証《あかし》ではないか。

ぼくのことを「全盲《ぜんもう》だけど頑張っている先生」という特殊《とくしゅ》な存在から、ごく当たり前の存在として生徒たちが受け入れられるようになったこと。ぼくの国語の授業が、パートナーの先生方の協力を受けながら、チーム・ティーチングの授業がうまくいっている証《あかし》なのではないかと思えたからです。

思いやりとコミュニケーション力

長瀞《ながとろ》中学に赴任《ふにん》して早いものでもうすぐ一年になろうとしています。

生徒たちは、より濃密に、目の見えない教師を温かく受け入れてくれるようになってきました。

「淑則先生、何組に授業しに行くんですか？」

「そこは教室の後ろの入り口です」

「今戸が閉まってます」

「男子トイレは右です」

などなど、生徒たちはぼくに実によく声をかけてくれます。

長瀞《ながとろ》中学で生徒たちに声をかけられる多さでは、おそらくぼくがナンバーワンではないかと思えるほどです。

声だけではなくて、ぼくが腕につかまらせてもらい、生徒が手引きをするということもとても自然にできるようになってきました。

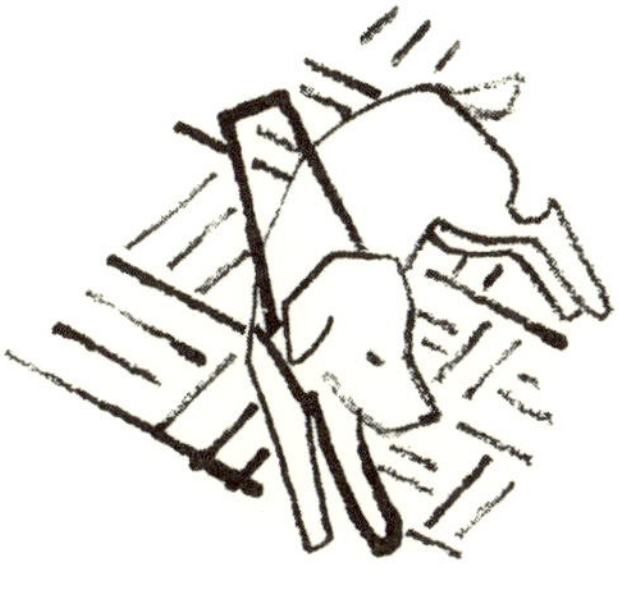

ぼくは毎日の生活の中で、生徒たちが他人を思いやる心をしっかり持っていることを感じます。

ぼくのパートナー、盲導犬マーリンも今ではすっかり教室の一員です。

可愛《かわい》さのあまりか、誰かがぼくに隠れてこっそり、マーリンを触ろうものなら、「淑則先生、○○君がマーリンを触っています」という声が飛びます。

授業中、マーリンは、決して声を出すことはありません。教室の「彼の指定席」にちゃんと座っていますので、授業中にマーリンを気にする生徒もいなくなりました。

たまに、マーリンが陽の当たるところを求めて動こうものなら、「先生、マーリンが動こうとしています」と、すかさず前列の生徒からのチェックが入ります。

ぼくが机の間を回っていけば、ぼくに聞こえるように、生徒たちが小声でノートやプリントに書いたことを読み上げるというのも自然とできるようになりました。ぼくが、プリントを配るために、先頭の生徒のところに立つと、「五枚です」「四枚です」と声を出して言うのも、定着してきました。

そういったぼくの授業のルールは、もちろん全盲《ぜんもう》のぼくのためにあるのですが、願わくば、生徒の中に「思いやり」と「コミュニケーション力」を育てることになればとてもうれしいし、ぼくがパートナーの先生の力をお借りしてでも、普通中学で教師を続けている意味があるのかもしれないな、とふと思ったりします。

ぼくは、いずれ社会に出た時うまくやっていくためには、知識や学力も大事ですが、相手に対する思いやりと、言葉でのコミュニケーション能力がとても重要なのではと思っています。

それらは、一言で言うと、「人間力」であり、それは教科書には書いていないものです。

ボランティアの存在

自宅周辺のビラ配りからスタートした、朗読《ろうどく》ボランティア。ビラを見て、「私にできることがあればお手伝いしたい」と集まってくださった方々。

秩父《ちちぶ》養護学校に復職が決まった時は、地元秩父《ちちぶ》市の「キブネギク」(市報をカセットテープに録音し、視覚障がい者に配布しているボランティアグループ)の方々が、週に一度二人一組で、二時間、配布資料や教科書、国語の関連教材を読んでくださいました。それは五年間にも及びます。

「養護学校がここにあるのは知っていたけれど、中に入ったのは初めて」

「うちの近所の子もいるけど、いい表情で勉強しているのね」

「今度の養護学校の作品展バザーには、友達を誘って来てみるわ」

朗読《ろうどく》ボランティアだけにとどまらず、養護学校を地元の人に理解してもらうことにもつながったように思います。そして、前述の双子の姉妹《しまい》とボランティアの方々との交流が始まりました。

「今度あの二人にこの詩集を読み聞かせたい」

「『ハリーポッター』の新作をカセットテープに吹き込んできました。あの二人は聞いてくれるかしら」

盲《もう》学校では、すでに生徒や職員向けに組織作りができており、朗読《ろうどく》・点訳・テキスト化（本や資料をスキャナで読み取り、OCRで文字変換《へんかん》し、さらに校正して文字データ化する）のボランティア「サポートバンク」の方々にお世話になりました。ボランティアの方々から、地域の情報を得ることもできて、ボランティアの方々にも盲《もう》学校を理解してもらうことにもつながりました。地域の人に支えられるまさに〝開かれた学校〟であったと思います。また、ぼくが盲《もう》学校に勤務している間に二人の先生が定年退職されました。その先生方からは退職しても、新井先生の力になりたいからと、ボランティアとして学校に来ていただいてサポートを受けました。

長瀞《ながとろ》中学校では、現在皆野《みなの》町の「ねむの木の会」（町報をカセットテープに録音し、視覚障がい者に配布しているボランティアグループ）の方々に、週一度二人一組で二時間程度、やはり配布資料や国語関連の資料、生徒の作文を朗読《ろうどく》していただいています。また、現在は秩父《ちちぶ》市立図書館でも対面朗読《たいめんろうどく》サービスが始まりました。休日にサービスを受けています。

ぼくが教師を続けてこられたのも、地域のボランティアの多大なる助けなくしてはできなかったことです。そのマンパワーの素晴らしさに本当に感謝しています。そして、これからもよろしくお願いします。

―「生きる力」をたくさんの人に伝えたい―

ぼくは地元の高校を卒業後、上京。東京の大学を卒業してから、ふるさとに戻り教師になりました。教師になってから二十四年が経《た》ちます。

途中、ぼくは全盲《ぜんもう》となり再び教員として復職してから今年（二〇〇九年）で十年です。

その間ぼくの人生には、嵐の時も、暴風雨の時もありました。

絶望したぼくを救ってくれたのは、さまざまな「他者《たしゃ》」の存在でした。家族や身近にいる人、全盲《ぜんもう》になってから出会った人、時には会ったこともない人や書物の中の言葉だったり…。

人は人を支え、人に支えられて生きている、という言葉の重さをどれほどぼくは実感し、痛感したことでしょう。

そしていつからか、ぼく自身、誰かの力になりたい、と思うようになりました。その誰かとは、まずはぼくにとっては日々、接している生徒であることでしょう。

「今のぼくには、生徒のために何ができるだろう」そう考え続けています。

これは教師としてのぼくの夢ですが、今後、ぼくがやってみたい授業は、「デス・エデュケーション」です。

欧米では日常的に広く教育現場や医療《いりょう》現場で行われています。

日本には一九八〇年代に紹介され、「死の準備教育」「生と死の教育」とも訳されています。誰にも等しく、必ず訪れる「死」を見つめることによって、限りある人間の「生」を充実させることを目的とする教育のことです。

ぼくは生徒に真の意味で生きる力を与えるためには、死を教えることが重要だと思います。それは、ぼく自身が、全盲《ぜんもう》になり、絶望の淵《ふち》に立ち、強く死を考えたことがあるからです。生きていることの意味を真剣に問いただした時間とも言えます。その時代があったからこそ、ぼくは人生の舵《かじ》をとり直すことができたのだと、今になって思います。「失うこと」を意識するのは、存在することの感謝を引き起こすきっかけになる。そんな思いが強くあります。

日本では自殺者の数が人口の割合から見ても多く、交通事故死は年間六千人を切っていますが、自殺者は三万人を超えています。いじめによる子どもの自殺のニュースも最近では珍しいことではなくなっています。子どもたちへの「生きる力」の教育はまさに今、必要とされていると思わずにはいられません。

学校で、「死について語りたい」というと、「とんでもない、なんで自殺を勧めるような授業をやるんだ」と言われかねません。正直、多感な思春期の中学生に教えるには、簡単なテーマではありませんし、その方法も慎重《しんちょう》に行う必要があります。

しかし、生きることについて最も敏感《びんかん》であり、繊細《せんさい》な心を持っている思春期の中学生にこそ、生きる力を教えることが必要だと言えるかもしれません。

「デス・エデュケーション」を行うには、死ぬということはどういうことなのかを考えて、そこからスタートする必要があると思います。どういう死に方をするかということではなく、「死とはどういうことなのか」を考える。それは「生きるとはどういうことなのか」を考えることにつながっていくはずです。

盲《もう》学校に勤務していたころ、当時、教えていたのは高校生だったこともあり、森鷗外《もりおうがい》の短編小説『高瀬舟《たかせぶね》』を教材に、「デス・エデュケーション」を試みたことがあります。『高瀬舟《たかせぶね》』はいわゆる安楽死《あんらくし》の問題をテーマにした物語として知られ、「人間の命」について問題提起をしています。

盲《もう》学校の生徒たちは、死ぬこと、そして生きることについて真摯《しんし》に考え、深く洞察《どうさつ》し、それぞれ自分なりの言葉で表現しました。

その時の経験を基に、いつか普通中学の生徒たちにも、「デス・エデュケーション」ができればと思っています。

その時は、一度は人生に絶望したぼくが、苦しみを越えて、たくさんの人々から授かった「生きる力」と「ぼくを支えてくれた言葉」のいくつかを伝えたいと思っています。

ぼくは人生の半《なか》ばで失明し、絶望して死を考えた…。当時の自分のことを振り返ると、なんと心の弱い人間だったのだろうと思います。でも、みんな多かれ少なかれ心の弱さを抱えているもの。そして、その当時のぼくはそうならざるをえなかった。でも、人間は学習することもできるし、変われるものなのです。

ぼくは、どん底から必死ではい上がる過程で、徹底的《てっていてき》に死を見つめてきました。その過程でもがきながら、泣きながら、生きることの意味を必死で少しずつつかみとってきたように思います。

子どもたちには、この先の長い人生で仮に絶望することがあったとしても必ずはい上がれるんだ、という希望を忘れずに持っていてほしい、と思います。絶望を乗り越えてきたぼく自身が、みんなに希望を伝える存在でありたい。

人生は晴れの日ばかりではありません。

悩みに心を奪われて死を選んでしまう子どもたちのニュースをよく耳にします。子どもだけでなく、今は大人にとってもますます生きにくい時代です。

どんなに絶望しても生きることをあきらめないで、その先には必ずひとすじの希望があると伝えたい。そのためにこそ、生徒たちに、ぼくは生きる意味を教えたいと思うのです。

最近、ある人から、こんなことを言われました。

「新井先生、桜にも香りがあることを、この歳《とし》になって初めて知りましたよ。桜の花に目を奪われて、長い間気づくことがなかったんですね」

そうだ、ぼくも桜の香りが感じられる人になろう。満開の桜の季節には、全身で風を受けて、神経を研《と》ぎ澄《す》ませて、桜の香りを感じることができる人になろう。

間もなく、長瀞《ながとろ》中学校での二度目の桜の季節を迎えます。

あとがき
かすかな光にひとすじの希望を

日本の視覚障がい者は約三十一万人と言われています。そのうち全盲《ぜんもう》（ブラインドネス）の人は約十万人で、残りの人たちは、弱視《じゃくし》（ロービジョン）と呼ばれます。

ぼくと同じ全盲《ぜんもう》と呼ばれる人（身体障害者手帳一種一級）の中にも、全く光を感じない人もいれば、ぼくのように右目は全く光を感じず（視力ゼロ）、左目に微量の光を感じる（光覚《こうかく》）ことのできる人など視覚障がいの種類はさまざまです。

左目に微量の光を感じる、といっても、ぼくの目はごくかすかな光を感じるのみで、物を見たり、識別したりすることはできません。ただ、今いる場所が光のある場所か、光のない場所かだけは、左目よってかろうじて判断することができます。

思えば、この「左目が感知するかすかな光」こそが、今のぼくの置かれた状況を象徴《しょうちょう》するメタファー（隠喩《いんゆ》）なのかもしれません。

ぼくは人生の半《なか》ばで全盲《ぜんもう》となりました。

いきなり深い谷底に突き落とされるような衝撃《しょうげき》と絶望に襲われました。

その時の、自分だけが世界から孤立したような強い不安と恐怖心は、今思い出しても、胸が押しつぶされそうになります。

死をも思い、生きる意味を問い続けたぼくは、やがて、家族の支えと、さまざまな人たちから生きる勇気と力を与えられて、ようやく自分を受け入れ、運命を受け入れることで、新たな一歩を踏み出すことができました。

すると、それまで見えてこなかった「光」を発見したのです。

それは、「希望」という、かすかではあるが、はっきりとした光でした…。

ぼくはこの原稿を書きながら、これまでの人生を振り返り、改めて決意しました。

このかすかな希望の光とともに生きていこう、一歩一歩、人生を歩んでいこう。

希望を失わず、感謝の心を忘れずにと。

ぼくは日々、教壇《きょうだん》に立つ喜びを、幸せを感じています。

視覚障がいのある教師のぼくに課せられた責務《せきむ》は、生徒の表層《ひょうそう》に捉《とら》われることなく、その深い内面を見つめること、と言えるかもしれません。ぼくの左目がかすかな光を感知できるがごとく、生徒の言葉や声や雰囲気《ふんいき》を感じ取り、生徒のわずかな心の動きや揺らぎを感じ取ることは、不可能ではないと信じ、日々教壇《きょうだん》に立っています。

ぼくが今こうしていられるのも、本当に多くの方々に、陰《かげ》に日向《ひなた》に支えていただいたからです。その感謝の気持ちは決して語り尽くせません。そして、これからも多くの方々の支えによって、ぼくは生かされていくのだと思います。

日本ではまだ、ぼくと同じように人生の途中で障がいを抱えた者が、それまでと同じ職業に復帰するのは難しい現状にあります。「自分自身がノーマライゼーションを体現《たいげん》した存在になりたい。そのために、普通中学の教壇《きょうだん》に再び立ちたい」その思いを実現させるため、周囲からの多大なる〝理解〟と〝協力〟を得つつ、ぼく自身も「必ずできる」と〝信念〟を持ち、長い間〝努力〟を続けてきました…。間違いなく、そのどれが欠けても、現在のぼくはありません。でも考えてみればそれは、障がいの有無《うむ》にかかわらず、どんな人の人生にも必要なことかもしれません。だから、ぼくと同じような境遇《きょうぐう》の方はもちろんのこと、この本が、絶望の淵《ふち》に立たされ悩み苦しんでいるあらゆる人たちの励みになればこれ以上にうれしいことはありません。

この本の出版に際し、ぼくを長年支え続けてくれた家族と、相棒《あいぼう》であるクロードとマーリンの二頭の盲導犬に心から感謝の意を捧げたいと思います。

そして、何より三人の子を産み、育てながら、あきらめずにぼくを支えてくれた妻の真弓には言葉に言い尽くせない感謝の気持ちでいっぱいです。

何度か、もうぼくたちはだめかもしれないと思った時、それでも、決して逃げずに、持ち前の元気と明るさでぼくの暗闇《くらやみ》を照らし続けてくれた妻の支えがなければ、今のぼくはありません。そんな妻も生徒の歌声に支えられながら、現在も秩父第二《ちちぶだいに》中学校で音楽教師として奮闘《ふんとう》しています。

最後に、これまで格別の御厚意《ごこうい》を与えていただいた長瀞《ながとろ》町の大澤芳夫町長、新井祐一《あらいゆういち》教育長、長瀞《ながとろ》中学校の高田忠一《たかだちゅういち》校長、新井和弘《あらいかずひろ》教頭、はじめ関係者の皆さまに心より感謝を申し上げます。

二〇〇九年三月

校庭から子どもたちの歓声が響く職員室で

新井淑則&マーリン

―取材協力―
埼玉県知事・上田清司
埼玉県秩父郡長瀞町町長・大澤芳夫
埼玉県秩父郡長瀞町教育長・新井祐一
埼玉県秩父郡長瀞町立長瀞中学校
校長・高田忠一、教頭・新井和弘、
教職員、生徒の皆さん
埼玉県立岩槻高校・宮城道雄
埼玉県立川越養護学校
川越たかしな分校・奥村洋
ノーマライゼーション・教育ネットワーク
（障がいのある教師を支える市民団体）
事務局長・石塚忠雄、会員の皆さん
全国視覚障害教師の会（JVT）
毎日新聞社さいたま支局
秩父鉄道株式会社その他、エピソードの掲載を
快諾してくださった関係者の方々
（敬称略）

―企画―坂口香津美（株式会社スーパーサウルス）
―構成―落合篤子（株式会社スーパーサウルス）
―装幀―大野リサ
―カバー、口絵撮影―中川正子（OWL）
―イラスト―谷山彩子

全盲先生《ぜんもうせんせい》、泣いて笑っていっぱい生きる

二〇〇九年三月一九日　第一刷発行

著者　新《あら》井《い》淑則《よしのり》
発行者　石崎孟
発行所　株式会社マガジンハウス
〒104-8003 東京都中央区銀座3-13-10
受注センター TEL 049-275-1811
書籍編集部 TEL 03-3545-7030
印刷・製本所　中央精版印刷株式会社

ISBN 978-4-8387-1959-4 C0095

マガジンハウスのホームページ
http://magazineworld.jp